KATHERINE MANSFIELD

CUENTOS
ÍNTIMOS

CUENTOS ÍNTIMOS
es editado por
EDICIONES LEA S.A.
Av. Dorrego 330 C1414CJQ
Ciudad de Buenos Aires, Argentina.
E–mail: info@edicioneslea.com
Web: www.edicioneslea.com

ISBN 978-987-718-653-6

Primera edición. Impreso en Argentina.
Esta edición se terminó de imprimir en
marzo de 2020 en Arcángel Maggio - División Libros

Mansfield, Katherine
     Cuentos íntimos / Katherine Mansfield ; compilado por Victoria Rigiroli. - 1a
ed. - Ciudad Autónoma de Buenos Aires : Ediciones Lea, 2020.
     160 p. ; 21 x 14 cm. - (De mujeres / 1)

     ISBN 978-987-718-653-6

     1. Narrativa Neozelandesa. 2. Literatura Inglesa. 3. Literatura Feminista. I.
Rigiroli, Victoria, comp. II. Título.
     CDD NZ823

KATHERINE MANSFIELD

CUENTOS ÍNTIMOS

Introducción y edición de Victoria Rigiroli

Introducción

Katherine Mansfield nació el 14 de octubre de 1888 en Wellington, capital de Nueva Zelanda, en el seno de una importante familia vinculada al gobierno colonial inglés. Su nombre de nacimiento fue Kathleen Beauchamp, y la elección de un *nom de plume* se vincula, tal vez, al hecho de que mantuvo toda su vida una relación compleja con su familia, signada por constantes enfrentamientos, en particular con su madre.

Después de pasar los años más importantes de su infancia en un área rural de Nueva Zelanda, convenció a sus padres de que la dejaran continuar sus estudios en Inglaterra, en el *Queen's College* de Oxford. Es allí donde, además de encontrar un horizonte vocacional en la música y el arte que abundaban en la bohemia londinense, conoce a Ida Baker, una escritora que será también su pareja y su amante alternativamente, para escándalo de su familia.

Después de un regreso tan forzado como fugaz a Wellington, sus padres se ven obligados a aceptar, no sin reticencias, que vuelva y se instale definitivamente en la metrópoli. Los primeros años de independencia en Inglaterra fueron muy turbulentos para Katherine, quien soñaba con convertirse en violonchelista profesional. En 1908 queda embarazada de un hombre que no se hace cargo de la situación, y se casa con George Bowden, un profesor de canto once años mayor. La relación fue notablemente breve ya que ella, según cuenta la historia, lo abandonó durante la noche de bodas. Cuando su madre se enteró del embarazo, viajó a Londres con la intención de tomar cartas en el asunto y "salvar" la reputación de su familia. Pese a las resistencias iniciales, Katherine accede a viajar a Alemania, lugar en el que su madre confía poder ocultar el embarazo y poner fin a las relaciones que su hija sostiene con mujeres. En algún momento de ese viaje, Katherine perdió el embarazo y se separó de su madre para siempre. Cuando regresa a Londres, en enero de 1910, empieza a publicar en *New Age* las doce historias que más adelante verán la luz, de manera conjunta, en el libro *En una pensión alemana*. El libro no obtiene gran éxito, pero le abre algunas puertas del Londres bohemio.

Por esa época, Mansfield conoce a John Middleton Murry con quien mantendrá una de las relaciones más importantes de su vida. Murry, que por entonces era editor de la revista *Rythm*, rechaza inicialmente los cuentos que Mansfield le acerca para publicar, por considerarlos demasiado naif y faltos de profundidad. Esta crítica calará hondo en Katherine e impactará en el tono de sus relatos posteriores.

Con sus altibajos, sus separaciones y reconciliaciones, la relación con Murry se mantuvo durante toda la corta, pero agitada, vida de la escritora. Una relación curiosa a los ojos de sus contemporáneos, sobre todo, porque muchas veces incluyó a Ida Baker, en una suerte de "pareja de tres". Es Murry, sin ir más lejos, quien oficiará de albacea del legado de Mansfield, y más adelante recopilará sus diarios y narraciones para publicarlos de manera póstuma.

La muerte le llegó temprano a Mansfield que, atormentada por la tuberculosis, buscó tratamiento por toda Europa, a la espera de que un clima más benévolo que el londinense operara el milagro. En medio de esa auténtica peregrinación escribió —y publicó— sus otros libros de cuentos: *Preludio*, *Por favor* y *Fiesta en el jardín*. Pero ni en Italia, Suiza o Francia estaba la cura, y Katherine murió, en Fontainebleau, el 9 de enero de 1923, con tan solo treinta y cuatro años de edad.

Su tiempo, su obra

El grueso de la obra de Mansfield ve la luz en el fecundo —y por momentos confuso— período de entre guerras. Tiempo signado, en Europa, por un cambio de paradigma fundamental en la forma de concebir el arte y el vínculo entre el artista y la sociedad; no podríamos resaltar lo suficiente la importancia de esta época y su marca fundacional en la historia de la literatura europea de los siglos XX y XXI. Baste solamente mencionar que, mientras Mansfield editaba sus libros en Londres, el continente entero estaba siendo tomado por asalto por distintas vanguardias, movimientos heteróclitos que exigían una nueva forma de concebir el trabajo de la escritura, así como también el de la lectura.

Si bien Gran Bretaña no daría los ejemplos más revulsivos de las vanguardias artísticas (tarea, en general, a cargo de los franceses), sí sería el epicentro de experimentaciones varias y estéticas (y éticas) novedosas. De esos movimientos, el que estaba llamado a intervenir de manera más activa en la obra y la vida de Mansfield fue el Círculo de Bloomsbury, especie de punto de reunión de una serie de artistas e intelectuales británicos que se concentraban en la casa familiar de Virginia Woolf y que, si bien no tenían un programa mancomunado de acción (como sí iba a suceder con otras vanguardias, como el surrealismo), se reconocían como partícipes de una serie de búsquedas comunes, que se concentraban, sobre todo, en el rechazo a la rígida moral victoriana y las formas artísticas que se derivaban de ella. Formaron parte de este grupo, además de Virginia Woolf y su marido, el editor Leonard Woolf, escritores de la talla de E. M. Forster, Lytton Strachey, pintores como Roger Fry y Duncan Grant, y el célebre economista John Maynard Keynes, entre otros nombres de peso en la historia del arte y el pensamiento británico del siglo XX.

A este grupo llega Katherine, con el manuscrito de su segundo libro de cuentos, *Preludio*, en 1918. El sello editorial que los Woolf habían inaugurado apenas un año antes, Hogarth Press, decidió publicarlo y el texto pasó a integrar un catálogo formidable e innovador en que desatacaban Virginia Woolf, por supuesto, pero también poetas de la talla de T. S. Eliot y W. H. Auden, así como también las primeras traducciones al inglés de algunas de las obras más importantes de Sigmund Freud.

La crítica literaria ha querido ver siempre una suerte de oposición o contrapunto entre las figuras de Virginia Woolf y Katherine Mansfield, algunas semejanzas y diferencias entre la vida y obra de ambas parecen haber estimulado ese juego de comparaciones y enfrentamientos que, dicen algunos, tenía cierto correlato en la vida real. Pero, aun cuando la relación entre ambas quizá no haya sido la mejor, la confrontación entre ambas da muestra no tanto de las características de sus obras, sino de la cultura patriarcal de la época (y la posterior y, por qué no, la actual), una cultura en la que la presencia autoral femenina era tan inusual que su aparición invitaba indefectiblemente a las comparaciones; una cultura que todavía hoy parece invitarnos a creer que la única relación posible entre dos mujeres (colegas talentosas, además) es de competencia. No complementariedad, independencia o influencia mutua sino competencia.

Lo cierto es que la literatura británica de este período (o, deberíamos decir, británica, a secas) no sería la misma sin el enorme aporte que estas mujeres, juntas y no enfrentadas, supieron hacer a comienzos del siglo XX.

Su lugar en la historia de la literatura británica del siglo XX

Además de la lectura que la ubica como la gran antagonista de Woolf, los otros lugares en los que fue puesta Mansfield tradicionalmente por la crítica literaria, en apariencia, no la dejan mucho mejor parada. Una corriente crítica creyó ver en ella algo así como una deriva británica del ruso Antón Chéjov, a quien, desde esta perspectiva, imitaba hasta el punto del parasitismo. La influencia de Chéjov en Mansfield aparece, ella misma la enuncia en más de una oportunidad y puede constatarse en la presentación de los personajes, en la estructuración del relato y, sobre todo, en el concepto que el ruso acuñara de "acción indirecta", por la cual era preferible concentrarse en la caracterización de los personajes y su interacción, y no tanto en las acciones dramáticas (muchas de las cuales, incluso no forman parte de la historia que se narra en el cuento, sino que suceden antes o después). Si bien esta influencia es observable, lo cierto es que la obra de Chéjov, en particular su narrativa breve, influyó sobre buena parte de los escritores y escritoras de la época. Lejos está Mansfield de ser el único —o aun el más notable— de esos ejemplos.

La crítica posterior eligió también tomar a la obra de Mansfield y analizarla encontrando en ella, perfectas, indelebles, las huellas de su biografía. Entonces, desde esta perspectiva, sus cuentos remitirán siempre a episodios de su vida, que allí encontrarán algo así como un cauce estético capaz de darles sentido.

Hasta acá, las tres lecturas que hemos revistado sobre la obra de Katherine Mansfield representan muy bien las formas en que la crítica literaria ha considerado, en líneas generales, a las mujeres que escriben: discípulas hasta el plagio de escritores hombres (en este caso, Chéjov), enemigas de otras escritoras (Woolf) e incapaces de concebir una historia por fuera de los avatares de sus vidas.

En el caso concreto de Mansfield habría quizá que agregar cierta línea de reflexiones que parecen indicar hasta qué punto los personajes de la autora neozelandesa acatan los roles distintivos que impone el género, y los hombres serán entonces los encargados de lo público, mientras que a las mujeres pertenecerá el dominio de lo privado, lo doméstico, lo íntimo.

Esta antología

En línea con esto último, pero superándolo en lo fundamental, la lectura que hizo la crítica literaria feminista a partir de la década del 70 entiende en otra clave el orden de experiencias que presenta Mansfield, y ha elegido ver un programa de acción allí donde otros veían resignación. Desde esta perspectiva, esta antología que presentamos a continuación pretende invitarlas e invitarlos a adentrarse en la obra de una autora que supo mostrarle al mundo que el lugar que la cultura imperante asignaba a la mujer era el de lo íntimo, sí, pero que esa intimidad a la que había sido resignada, podía y debía elevarse a la categoría más trascendente de las experiencias humanas. Entre las mujeres de Mansfield abundarán, entonces, auténticas epifanías cotidianas, iluminaciones domésticas y fabulosas, experiencias —laicas— de conocimiento extático, que son tan transformadoras como incomunicables, y que, en su subalternidad social, son casi un grito de rebelión, una rebelión invisible protagonizada por todas las formas de ser mujer en el mundo.

El gesto es, en cierta medida, indoblegable, y parece interpelarnos aún hoy diciéndonos: nos han relegado a este rincón postergado de la organización social, pero haremos de él el más formidable de los mundos, un mundo inaccesible a la cultura patriarcal e intraducible a sus términos.

La epifanía, en Mansfield, entonces tiene el carácter de una revolución y nos actualiza todos los días una versión distinta del viejo adagio feminista que reza que es posible colonizar una tierra, y aun un cuerpo, pero no colonizarán nunca nuestras consciencias.

Ojalá encuentren en estos cuentos algo de ese gesto rebelde que es, a su vez, contagioso e inoxidable.

Victoria Rigiroli

Felicidad

Pese a sus treinta años, había momentos como este, en los que Bertha Young hubiese querido correr en vez de caminar, deslizarse por los suelos brillantes de su casa, haciendo pasos de danza, hacer rodar un aro; tirar alguna cosa al aire para volver a tomarla después, o quedarse quieta y reír… por nada, simplemente.

¿Qué puede hacer uno si, incluso teniendo ya treinta años, al doblar la esquina de su calle lo domina de pronto una sensación de felicidad…, de felicidad plena…, como si de golpe se hubiese tragado un pedazo radiante del sol del atardecer y este le quemara el pecho, esparciendo una lluvia de chispas por todo su cuerpo?

¿No hay acaso una forma de manifestarlo que no lo haga a uno parecer "un borracho o un loco"? Qué estúpida es la civilización. ¿Para qué se nos ha dado un cuerpo, si tenemos que mantenerlo encerrado en un estuche como si fuera algún violín raro?

"No, eso sobre el violín no es exactamente lo que quise decir", pensó subiendo a los saltos la escalera, mientras buscaba la llave en su cartera y comprobaba que la había olvidado como siempre; golpeteaba entonces con los dedos sobre el buzón. Y no es lo que quise decir porque…

—Gracias Mary —entró en el vestíbulo—. ¿Volvió la niñera?

—Sí, señora.

—¿Y llegó la fruta?

—Sí, señora, llegó todo.

—Lleve la fruta al comedor, ¿sí? Arreglaré todo antes de subir.

El comedor ya estaba en penumbra y hacía además algo de frío; sin embargo, a pesar de eso, Bertha se quitó el abrigo: no soportaba tenerlo abrochado ni un instante más. El aire frío cayó sobre sus brazos.

Pero en su pecho ardía todavía aquel fuego brillante que se extendía a todo su cuerpo como una lluvia de chispas. Era casi intolerable. Apenas se animaba a respirar por miedo a avivarlo más y, sin embargo, respiraba muy, muy hondo. Le costaba también mirar el espejo frío…, pero finalmente lo hizo y vio en él a una mujer radiante, sonriente, de labios trémulos, con unos ojos grandes y oscuros, y en toda ella ese aire atento de quien escucha, esperando algo…, algo divino que va a suceder… y que sabe que va a ocurrir inevitablemente.

Mary llegó con la fruta en una bandeja, un bol de cristal y un plato azul, de porcelana, muy bonito, con un reflejo extraño, como si lo hubiesen sumergido en un baño de leche.

—¿Enciendo la luz, señora?

—No, gracias; puedo ver bien.

Había mandarinas y manzanas manchadas con jugo de frutilla; peras amarillas, suaves como la seda; uvas blancas que tenían un brillo plateado y un gran racimo de uvas moradas. Estas las había comprado para que combinaran con la nueva alfombra del comedor. Sí, quizás pareciera algo ridículo y rebuscado, pero esa era la verdadera razón por la que las había comprado. Había pensado mientras estaba en el negocio: "Tengo que llevarme un racimo de uvas moradas para que en la mesa haya algo que recuerde la alfombra". Y en ese momento la idea le pareció que tenía mucho sentido.

Después de hacer dos pirámides con todas esas lustrosas formas, se alejó un poco para ver el efecto, que era realmente de lo más curioso. Porque la mesa oscura se fundía en la penumbra de la habitación, y los dos platos —el azul y el de cristal—, cargados de fruta parecía que flotaban en el aire. Esto, tal vez por su estado de ánimo, le pareció increíblemente hermoso… Comenzó a reírse.

"No, no. Me estoy poniendo histérica". Y tomó su bolso y su abrigo y subió corriendo a la habitación de la niña.

La niñera estaba sentada en una mesa baja, dándole a la pequeña B. su cena después del baño. La niña tenía una bata de franela blanca y una chaqueta de lana azul, y su oscuro, delgado cabello estaba peinado hacia arriba en un simpático jopo. Ella levantó su mirada y, cuando vio a su madre, empezó a saltar.

—Ahora, mi querida, come todo como una niña buena —dijo la niñera, poniendo sus labios de una manera que, Bertha sabía, significaba que otra vez había llegado en un mal momento.

—¿Ha sido una niña buena, hoy?

—Ha sido una pequeña dulzura toda la tarde —dijo la niñera en voz baja—. Fuimos al parque, yo me senté en un banco y, cuando la saqué del cochecito, vino un perro muy grande que puso su cabeza sobre mi rodilla. Ella le tomó las orejas y tiró de ellas. Oh, tendría que haberla visto.

Bertha quiso preguntarle si no era peligroso que la niña tirara de las orejas de un perro extraño pero no se atrevió. Permaneció mirándolas, con sus brazos a los costados de su cuerpo, como si fuera una niña pobre mirando a una niña rica jugar con las muñecas.

La niña volvió a levantar la vista, la miró fijamente y le hizo una sonrisa tan encantadora que Bertha no pudo evitar llorar.

—¡Oh, déjeme que termino de darle de cenar mientras usted guarda las cosas del baño!

—Bueno, señora. Pero no es conveniente cambiar la persona que la alimenta mientras se le está dando de comer. Eso la intranquiliza, y muy probablemente, se moleste.

Qué absurdo era eso. ¿Para qué tener una niña si había que encerrarla, no en un estuche como si fuera un violín raro, sino en los brazos de otra mujer?

—¡Oh, debo hacerlo! —dijo Bertha.

La niñera, muy ofendida, le entregó a la niña.

—Sobre todo, le pido, señora, que no la excite después de cenar. Ya sabe que le sucede y luego me cuesta mucho dormirla.

A Dios gracias, la niñera salió después de eso del cuarto con las toallas del baño.

—Ahora te tengo toda para mí, mi preciosita— le dijo Bertha a la niña, y ella se reclinó sobre su madre.

Comió adorablemente todo, estirando su boca hacia la cuchara y agitando sus manitos. A veces no dejaba ir la cuchara y a veces, justo después de que Bertha la llenara, hacía gestos con las manos indicando que no quería más.

Cuando se terminó la sopa, Bertha se dio vuelta hacia el fuego.

—Eres una buena niña. Muy buena —dijo, mientras besaba a su niña tibia—. ¡Te quiero tanto! ¡Tanto!

¡Por supuesto que la quería! ¡La quería completamente! Le encantaba sentir su cuello tibio y ver los deliciosos dedos de sus pies que ahora brillaban rojizos ante el fuego de la chimenea... Sí, la quería; la quería tanto, que esa intensa sensación de alegría total la ganó de nuevo y nuevamente no supo cómo expresarla, ni qué hacer con ella.

—La llaman por teléfono, señora —dijo la niñera regresando con gesto triunfal y tomando a su pequeña Bertha.

Bajó corriendo. Era Harry.

—¿Bertha, eres tú? Se me hizo tarde. Tomaré un taxi y llegaré lo antes posible. Retrasa la cena unos diez minutos, ¿podrías?

—Sí, Harry; por supuesto. Oye…

—Dime.

¿Qué podía decirle? Nada, nada en absoluto. Solamente quería seguir en contacto con él un momento más; pero no podía gritarle ridículamente: "¡Qué día más hermoso ha sido hoy!".

—¿Qué querías? —volvió a preguntar la pequeña voz lejana.

—¡Nada! Entendí —dijo Bertha, y colgó el teléfono, pensando lo idiota que es la civilización.

Tenían invitados a cenar. Los Norman Knight —una pareja muy bien amena: él iba a abrir un nuevo teatro y a ella le interesaba la decoración de interiores—; también estarían un muchacho joven, llamado Eddie Warren, que acababa de publicar un pequeño libro de poemas y a quien todo el mundo invitaba a cenar, y Perla Fulton, un "descubrimiento" de Bertha. No sabía muy bien a qué se dedicaba. Se habían conocido en el club y Bertha se entusiasmó enseguida con ella, como siempre le ocurría con una mujer guapa que tuviera algo extraño y misterioso.

Lo que más le atraía de la joven era que, a pesar de que se habían visto y habían hablado muchas veces, todavía no la entendía. En cierta medida, le parecía que la señorita Fulton era fabulosamente sincera; pero había en ella una frontera imposible de cruzar.

¿Había algo más? Harry sostenía que no. Le parecía insustancial y distante, como todas las rubias, y quizá con un poco de anemia cerebral. Pero, al menos por el momento, Bertha no estaba de acuerdo con él.

—Esa manera que tiene de sentarse ladeando un poco la cabeza y la forma en la que sonríe… oculta algo, Harry —le había dicho—. Debemos averiguar qué.

—Pues podría asegurar que tiene un buen estómago —contestaba Harry.

Disfrutaba dejando a su esposa sin respuesta con salidas de este tipo. A veces decía: "Creo que tiene el hígado helado". Otras: "Tal vez sufre de narcisismo". En otras oportunidades: "Quizás padece de una afección al riñón"…, y cosas de ese tipo. Pero, por alguna extraña razón, a Bertha le gustaba eso, y casi lo admiraba.

Fue hasta el salón y encendió el fuego en la chimenea. Después tomó uno de los almohadones que Mary había arreglado con tanto esmero y volvió a ubicarlos sobre los sillones y los sofás. Ya era otra cosa. La habitación pareció súbitamente cobrar vida. Antes de dejar el último almohadón, se sorprendió abrazándolo fuertemente y con pasión. Pero nada de esto pudo apagar el fuego que ardía en su pecho. ¡Oh, no, no; por el contrario!

Las ventanas del salón se abrían a un balcón que daba al jardín. Al fondo, cerca del muro, un alto y delicado peral, absolutamente florecido, se levantaba fabuloso y tranquilo recortado contra el cielo verde jade. Bertha veía, pese a estar lejos, que no tenía ni una flor ni un solo pétalo marchito. Más abajo, en los canteros, los tulipanes rojos y amarillos se apoyaban en la oscuridad. Un gato gris, agazapado, se deslizaba sobre el pasto, y otro negro —como su sombra— lo seguía. Mientras los miraba, tan veloces y cautos, Bertha sintió un extraño estremecimiento.

—¡Qué manera más inquietante de arrastrarse tienen esos animales —musitó. Y, corriéndose de la ventana, comenzó a caminar por la habitación.

¡Cómo flotaba el perfume de los narcisos en el aire cálido del cuarto! ¿Era demasiado? ¡Oh, no, no! Y, sin embargo, como si no hubiese podido resistir más el intenso perfume, se tiró en un sofá tapándose los ojos con las manos.

—¡Soy feliz, demasiado feliz! —dijo susurrando.

Todavía conservaba en su retina, bajo los párpados cerrados, el magnífico peral, con todas las flores completamente abiertas como el símbolo de su vida.

De verdad…, de verdad…, lo tenía todo: era joven; Harry y ella se querían más que nunca, se llevaban muy bien; tenía una niña adorable; no tenía grandes preocupaciones económicas; vivían en una hermosa casa, con jardín, que reunía todo lo que se pudiera desear, y tenían amigos, modernos e interesantes: escritores, pintores, poetas y gente de mundo…, exactamente la clase de amigos que a ambos les gustaban. Y, para colmo de su alegría, había descubierto una modista formidable, el próximo verano viajarían por el extranjero, y su nueva cocinera sabía hacer unas tortillas riquísimas…

—¡Soy ridícula, ridícula! —murmuró mientras se levantaba. Pero notó que se sentía completamente aturdida, como embriagada. Lo más seguro es que fuese la primavera. ¡Sí, era la primavera! Estaba tan agotada, que le costó trabajo subir a cambiarse.

Se puso un vestido blanco, un collar de jade y zapatos verdes. Esta combinación no era casual. Lo había pensado tras muchas horas de haber visto el peral en flor por la ventana del salón.

Los pliegues de su vestido crujieron apenas cuando entró en el vestíbulo y besó a la señora Knight, que estaba quitándose un extraño abrigo color naranja, adornado con una procesión de monos negros que orlaban todo el borde y subían después por las solapas.

—-No hago más que preguntarme —dijo— por qué será la clase media tan obtusa y tendrá tan poco sentido del humor. Querida mía, estoy aquí por pura casualidad, y gracias a Norman, que me ha protegido. Mis adorables monos han revolucionado el tren entero hasta tal punto, que nadie me quitaba los ojos de encima. Me comían con la mirada, sencillamente. No se reían, no; no les causaba risa, cosa que, en definitiva, me hubiese gustado. Sólo me miraban muy fijos, como si quisieran atravesarme.

—Pero lo gracioso del caso… —intervino Norman mientras se colocaba un gran monóculo con marco de carey—. No te molesta que lo cuente, ¿verdad, Cara? —En casa y entre amigos se llamaban Cara y Careto—. Lo más gracioso fue cuando Cara más enojada que nunca, miró a la mujer que tenía a su lado y le dijo: "¿Acaso nunca ha visto usted un mono?".

—¡Oh, sí! —y su esposa unió su risa a la del resto—. Fue gracioso, ¿no?

Pero lo que resultó aún más divertido fue que, una vez que se quitó el mentado abrigo, la señora Knight parecía realmente un mono astuto que se hubiese hecho un traje con tiras de papel de plátano. Y sus pendientes de ámbar eran como dos pequeñas nueces colgantes.

Sonó otra vez el timbre de la puerta. Era Eddie Warren, delgado y pálido como siempre y en su estado habitual de exagerada angustia.

—Esta es la casa, ¿verdad? ¿Es esta? —interrogó.

—Sí, asumo que sí —contestó riéndose Bertha.

—La pasé malísimamente con el chofer del taxi: tenía un aspecto totalmente siniestro y no había manera de que se detuviese. Cuanto más tocaba en el vidrio para avisarle, más aceleraba él. Bajo la luz de la luna, era una figura grotesca con la cabeza achatada y hundida en el volante…

Al quitarse un inmenso pañuelo de seda blanco que le envolvía el cuello se estremeció. Bertha observó que sus calcetines también eran blancos. ¡Una combinación realmente encantadora!

—¡Debió ser espantoso! —le dijo.

—Sí, ciertamente lo fue —siguió diciendo Eddie mientras la acompañaba al salón—. Ya me veía rodando hacia la eternidad en un taxi sin taxímetro.

A Norman Knight ya lo conocía, pues estaba escribiendo una obra para su teatro.

—¿Qué tal, Warren? ¿Cómo va esa comedia? —le preguntó, dejando caer el monóculo y dándole a su ojo un momento de libertad para que pudiera dilatarse a gusto antes de volver a quedar otra vez prisionero tras el cristal.

La señora Knight también se acercó a él.

—¡Oh, señor Warren! Sus calcetines son preciosos.

—Qué bueno que le gusten —dijo mientras contemplaba sus pies—. A la luz de la luna su efecto es mejor —Y volviendo su rostro delgado y triste hacia Bertha, agregó—: Porque esta noche hay luna, ¿lo sabía usted?

Bertha tuvo ganas de gritar: "¡Seguramente hay luna frecuentemente, muy frecuentemente!".

Ciertamente, Warren era muy atractivo; pero también lo era Cara, que estaba inclinada ante el fuego, con su vestido de pieles de plátano, y Careto, que, dejando caer la ceniza de su cigarrillo, preguntaba:

—Pero, ¿dónde está el novio?

—Ahora llega.

Se oyó abrir y cerrar de golpe la puerta de la calle y Harry gritó:

—¡Un saludo a todos! ¡Estaré listo dentro de cinco minutos!

Y subió corriendo la escalera. Bertha no pudo reprimir una sonrisa. Sabía que a Harry le gustaba hacer las cosas a gran velocidad, aunque al fin y al cabo, ¿qué importaban cinco minutos más o menos? Pero él se convencía a sí mismo de que eran importantísimos y además luego tenía el decoro de entrar en el salón muy lento y tranquilo.

Harry sabía sacarle jugo a la vida y Bertha lo admiraba por eso. También sentía admiración hacia él por su amor a la lucha, por dar en todo cuanto se le oponía una prueba de su fuerza y de su coraje, incluso delante de personas que no lo conocían bien. Bertha entendía que este rasgo de su personalidad lo volvía un poco ridículo..., porque había momentos en los que se lanzaba a la lucha cuando esta en realidad no existía. Mientras hablaba y reía, Bertha olvidó por completo que Perla Fulton no había llegado aún y no se dio cuenta de ello hasta que su marido entró en el salón exactamente como ella supuso que haría.

—Acaso la señorita Fulton se habrá olvidado de nosotros...

—No sería raro —dijo Harry—. ¿Tiene teléfono?

—Está llegando un taxi —y Bertha sonrió con aquel aire de dominio que siempre adoptaba mientras sus nuevas amigas constituían para ella un enigma—. Esa mujer vive en los taxis.

—Engordará demasiado si tiene esta costumbre —señaló Harry tranquilamente, tocando el gong para la cena—. Y ese es un gran riesgo para las rubias.

—Harry, por favor —le imploró Bertha riendo.

Aguardaron un momento más hablando y riéndose despreocupadamente, pero tal vez con demasiada naturalidad. Después apareció la señorita Fulton con un vestido de seda plateado y una cinta también plateada, sujetando sus rubios cabellos. Entró sonriendo y con la cabeza inclinada.

—¿Llego tarde? —preguntó.

—No, para nada —dijo Bertha—. Venga —y, to-mándola del brazo, la llevó hasta el comedor.

¿Qué había en el tacto de su brazo frío que avivaba… que avivaba… y hacía arder aquel fuego de felicidad que Bertha sentía en su interior sin saber cómo exteriorizarlo?

La señorita Fulton no notó nada en su rostro porque rara vez miraba a las personas a la cara. Sus tupidas pestañas le caían sobre los ojos, y una sonrisa curiosa bailaba en sus labios. Parecía vivir más para escuchar que para mirar. Pero súbitamente Bertha sintió como si entre ambas hubieran cruzado una mirada íntima y se hubiesen dicho mutuamente: "¿Tú también?". Y Perla Fulton, mientras revolvía la sopa rojiza en el plato gris, sintió lo mismo.

¿Y el resto? Cara y Careto, al igual que Eddie y Harry, hablaban de diversas cosas mientras subían y bajaban las cucharas, se secaban los labios, deshacían el pan y tocaban los tenedores y los vasos. De cosas como esta:

—La conocí una noche de estreno en el Alfa. Es un ser fabuloso. No sólo tenía muy recortado el pelo, sino que parecía también haberse quitado trocitos de sus piernas y brazos, un pedazo de cuello, y algo de su pobre nariz.

—¿No está muy vinculada a Michael Oat?

—¿El autor de *El amor con dentadura postiza*?

—Ahora quiere escribir un monólogo para mí. Se trata sobre un hombre que decide suicidarse. Expone primero todas las razones por las cuales debería hacerlo y a continuación las que, según él, se lo impiden e, inmediatamente después de evaluar los pros y contras y tomar una determinación, cae el telón. Es una idea bastante buena.

—¿Cómo se llamará? ¿Digestión pesada?

—Creo haber leído la misma idea en una pequeña revista francesa poco conocida en Inglaterra.

No, no; ninguno sentía lo mismo que ella, pero todos eran encantadores… ¡todos! Disfrutaba teniéndolos allí, sentados a su mesa, ofreciéndoles exquisitas comidas y buenos vinos. Y le alegraba tanto su presencia, que hubiese querido decirles lo simpáticos que eran, y lo decorativo que a su juicio resultaba el grupo en el que cada uno parecía servir para hacer resaltar al otro, como si fueran personajes de una comedia de Antón Chéjov.

Harry estaba disfrutando con la comida. Formaba parte de su… no podríamos decir exactamente naturaleza, ni tampoco su actitud…, sino de su… algo… que afloraba mientras hablaba de los diversos platos y se jactaba de su "exagerada pasión por la carne blanca de la langosta" y "el verde de los helados de pistacho… tan verdes y fríos como los párpados de las bailarinas egipcias".

De pronto, mirando a su esposa le dijo: "Bertha, este soufflé es formidable", y ella sintió que estaba a punto de ponerse a llorar de dicha, como una niña.

¡Oh! ¿Por qué sentía tanta ternura esta noche hacia todo el mundo? ¡Todo era bueno, todo justo! Todo lo que ocurría llenaba más y más la copa rebosante de su dicha hasta hacerla desbordarse.

Y todo el tiempo, en lo más hondo de su pensamiento, tenía fija la imagen del peral. Ahora debía ser todo de plata bajo la luz de la luna a la que se refirió el pobre Eddie; plateado como la señorita Fulton, que estaba acariciando una mandarina con sus dedos largos y tan pálidos que parecían despedir una extraña y débil luz.

Bertha no alcanzaba a entender —y en ello radicaba justamente el milagro— cómo había podido adivinar exactamente y en el instante exacto lo que estaba pensando la señorita Fulton, porque no tenía la más mínima duda de que lo había adivinado y, sin embargo, ¿en qué se había basado? En casi nada; en menos que nada.

"Supongo que esto pasa en alguna oportunidad, aunque es muy infrecuente, entre mujeres, pero nunca entre hombres —pensó Bertha—. Tal vez mientras prepare el café en el salón, la señorita Fulton hará o dirá algo que ha comprendido".

A decir verdad, no sabía lo que quería decir con esto. ¡Tampoco sospechaba lo que iba a pasar después!

Mientras pensaba de este modo se daba cuenta de que seguía hablando y riendo. Debía hacerlo de esa manera porque no le era posible contener su dicha.

"Debo reírme —se dijo—, si no, me moriría".

Y cuando se dio cuenta de la curiosa costumbre que tenía Cara de meterse la mano en el escote de su vestido, como si guardara allí una minúscula y secreta provisión de avellanas, Bertha tuvo que clavarse las uñas en las manos para no estallar en una carcajada.

Finalmente, terminaron de cenar.

—Vengan a ver mi nueva cafetera exprés —les dijo.

—Tenemos una nueva cada quince días —agregó Harry.

Ahora fue Cara quien la tomó del brazo. La señorita Fulton las siguió con la cabeza ladeada.

El fuego del salón convertido en brasas brillaba como un ojo intenso y titilante hecho "un nido de pequeños Fénix", como dijo Cara.

—No encienda aún la luz. ¡Es tan hermoso! —Y volvió a inclinarse cerca de las brasas. Siempre tenía frío. "Sin duda lo siento hoy porque no lleva su saquito de lana roja", pensó Bertha.

Y en aquel instante la señorita Fulton tuvo el gesto que Bertha esperaba.

—¿Tienen ustedes jardín? —preguntó con voz calma y soñadora.

Pronunció estas palabras de una manera tan delicada, que Bertha sintió que debía obedecer. Atravesó la sala y, corriendo las cortinas, abrió los amplios ventanales.

—¡Aquí está! —murmuró.

Y las dos mujeres juntas contemplaron el esbelto árbol florecido. Lo vieron como se mira la llama de una vela que se alarga en punta, vacilando en el aire tranquilo. Y mientras lo observaban les pareció que crecía más y más, hasta casi tocar el borde de la luna plateada.

¿Cuánto tiempo estuvieron así? Fue como si ambas hubiesen quedado presas de aquel círculo de luz sobrenatural; como si fueran dos seres de otro planeta que, perfectamente sincronizados, se preguntasen lo que estaban haciendo en este mundo, yendo como iban cargadas con aquel tesoro de felicidad que ardía en sus pechos y caía hecho de flores de plata de su cabeza y de sus manos.

¿Estuvieron así una eternidad?... ¿un instante? La señorita Fulton musitó:

—Sí, exactamente —¿o Bertha soñó que lo había dicho?

Entonces, alguien encendió la luz y, mientras Cara hacía el café, Harry dijo:

—Querida señora Knight, no me pregunte por mi hija, porque no la veo casi nunca. No quiero ocuparme de ella hasta que tenga novio.

Careto se quitó un momento el monóculo y enseguida volvió a ponérselo. Eddie Warren se tomó el café y dejó la taza con un gesto angustiado, como si al tiempo que bebía hubiese visto una araña.

—Lo que yo quiero es darles una chance a los jóvenes —dijo Careto—. Considero que Londres está lleno de obras muy buenas, algunas escritas y otras por escribir. A todos ellos quiero decirles: "Aquí hay un teatro; trabajen y adelante".

—¿Amigo, no sabe usted —dijo la señora Knight—, que voy a decorar una habitación para los Jacob Narthan? Tengo ganas de concretar una idea que tengo: hacer una decoración a base de pescado frito. Los respaldos de las sillas tendrían la forma de una sartén y en las cortinas irían bordadas unas lindas papas fritas haciendo dibujos.

—El problema de nuestros escritores jóvenes —continuó Careto— es que todavía son demasiado románticos.

No se puede viajar por mar sin marearse y sin tener que hacerse de una palangana. Pero, ¿por qué no tienen el coraje de decirlo?

—Un poema espantoso sobre una niña a la que un mendigo sin nariz violaba en un pequeño bosque.

La señorita Fulton se sentó en el sillón más bajo y profundo y Harry le ofreció cigarrillos.

Se ubicó delante de ella y ofreciéndole la cigarrera de plata le dijo fríamente:

—¿Egipcios? ¿Turcos? ¿Virginia? Están todos mezclados.

Bertha entonces comprendió que la señorita Fulton no sólo no le gustaba a Harry, sino que le molestaba. Y supo también, por el modo en que la señorita Fulton le contestó que no deseaba fumar, que percibía esta antipatía y se sentía ofendida.

"¡Oh, Harry!". ¿Por qué no te cae bien? Estás en un error. Es extraordinaria y, además, ¿cómo puede ser que te sientas tan alejado de una persona que significa tanto para mí? Más tarde, ya en la cama, procuraré explicarte lo que ambas sentimos esta noche", se dijo.

Y después de decir esto, algo extraño y casi horrible cruzó por la mente de Bertha. Y este pensamiento indefinible, ciego y sonriente le susurró: "En breve se irán todos. Se apagarán las luces, y tú y él se quedarán solos, metidos en la cama cálida, en la habitación a oscuras…".

Se levantó velozmente de la silla y corrió hacia el piano.

—¡Qué lástima que nadie sepa tocar! —dijo en voz alta—. ¡Una verdadera lástima!

Por primera vez en su vida, Bertha Young deseaba a su marido.

Antes sí, lo quería... estaba enamorada de él, pero de otras muy distintas maneras, no precisamente como ahora. Y también había comprendido que él era diferente. Lo habían discutido muchas veces. Al principio, a ella le había preocupado mucho descubrir que era tan fría; pero al cabo de algún tiempo pareció que aquello no tenía la menor importancia. Se trataban con entera confianza, eran muy buenos compañeros y, a su entender, esto era lo mejor de los matrimonios modernos.

Pero ahora lo deseaba, ¡ardientemente, ardientemente! Y esta sola palabra se le clavaba dolorosamente en su cuerpo abrasado. ¿Era esto lo que esa sensación de felicidad significaba? Pero, ¡entonces, entonces!...

—Mi querida —dijo la señora Knight—. Ya sabe usted cuáles son nuestras desgracias: somos víctimas del tiempo y del tren. Vivimos en Hampstead y debemos retirarnos. Pasamos una agradable velada.

—Los acompaño hasta el vestíbulo —dijo Bertha—. No quisiera que se fueran aún, pero entiendo que no deben perder el último tren. ¡Es tan desagradable!, ¿cierto?

—Beba antes otro whisky, Knight —dijo Harry.

—No, gracias.

Como reconocimiento por esta palabra, Bertha, cuando le dio la mano, se la estrechó un poco más.

—¡Adiós! ¡Buenas noches! —les gritó desde la escalera, notando que su antiguo ser se despedía de ellos para siempre. Cuando regresó al salón, los demás se disponían también a marcharse.

—Podemos hacer una parte del recorrido juntos en taxi —le dijo la señorita Fulton a Warren.

—Me alegra mucho. Así no tendré que volver a viajar solo en taxi después de la espantosa aventura de hoy a la tarde.

—Hay una parada al final de la calle. Solo son unos metros.

—¡Qué cómodo! Voy a ponerme el abrigo.

La señorita Fulton se dirigió hacia el vestíbulo. Bertha iba a seguirla cuando Harry se adelantó:

—Yo la acompañaré —dijo.

Bertha entendió que su esposo se arrepentía de haber sido tan poco amable antes... y dejó que fuera él. ¡Se comportaba de una manera tan infantil a veces... tan impulsiva... tan simple!

Y Bertha permaneció con Eddie junto al fuego.

—¿Leyó el nuevo poema de Bilk Table d'Hote? —le preguntó Eddie hablando con lentitud—. ¡Es extraordinario! Está en la última antología. ¿Tiene usted el libro? Me encantaría mostrárselo. Comienza con un verso absolutamente formidable: "¿Por qué ofrecerán siempre sopa de tomate?".

—Sí —dijo Bertha. Y se fue en silencio a una mesita que estaba al lado de la puerta, Eddie la siguió. Tomó el librito y se lo dio, los dos hicieron completo silencio.

Mientras Eddie buscaba la página correspondiente, Bertha miró hacia el vestíbulo y vio a Harry con el abrigo de la señorita Fulton en las manos y a ella de espaldas a él con la cabeza ladeada. Harry arrojó de pronto el abrigo, la cogió por los hombros y la hizo volverse violentamente. Sus labios dijeron:

—Te adoro.

La señorita Fulton le puso sus manos con aquellos dedos como rayos de luna en el rostro y le sonrió con su sonrisa de perezosa. Harry entonces se estremeció y sus labios dibujaron una espantosa mueca mientras decían en voz baja:

—¿Mañana?

Y la señorita Fulton, bajando los párpados, contestó:

—Sí.

—¡Aquí está! —dijo de golpe Eddie—. "¿Por qué ofrecerán siempre sopa de tomate?". Es completamente cierto. ¿No le parece? La sopa de tomate es desesperantemente eterna.

—Si lo prefiere —dijo Harry en el vestíbulo— puedo pedirle un taxi por teléfono.

—No hay necesidad —contestó la señorita Fulton. Y acercándose a Bertha le tendió sus dedos levísimos—. Adiós, y mil gracias.

—Adiós —dijo Bertha.

La señorita Fulton le estrechó un poco más la mano.

—¡Su extraordinario peral…! —murmuró.

Y se fue. Eddie la siguió, como el gato negro había seguido al gato gris.

—Bueno, cerremos el negocio —dijo Harry increíblemente frío y calmo.

"¡Su extraordinario peral!... ¡Su extraordinario peral!...".

Bertha fue corriendo hasta la ventana.

—¿Qué ocurrirá ahora? —gritó.

Y el peral, alto y esbelto, cargado de flores, seguía inmóvil como la llama de una vela que alargándose estuviera casi a punto de tocar el borde plateado de la luna.

Dama progresista

—¿Considera que tendríamos que invitarla a que nos acompañara? —dijo *Fräulein* Elsa, ajustándose la faja de su cinturón frente a mi espejo—. ¿Sabe usted? Pese a ser tan intelectual, no puedo sino creer que tiene alguna pena íntima. Además Lisa me ha contado esta mañana, mientras ordenaba la habitación, que se pasa horas escribiendo y escribiendo a solas. Al parecer, ella asegura que está escribiendo un libro.

Evidentemente, por eso no le gusta mezclarse con nosotros y tiene tan poco tiempo para dedicarles a su marido y a la niña.

—Claro, invítela usted —dije—. Yo no hablé nunca con ella.

Elsa se sonrojó levemente.

—Yo solo he hablado con ella en una oportunidad —confesó—. Le llevé a su cuarto un ramillete de flores silvestres y ella salió a la puerta en una bata blanca y con el pelo suelto. No olvidaré jamás aquel momento. Acababa de tomar las flores cuando la escuché decir (porque la puerta no estaba cerrada del todo), le escuché decir mientras me alejaba por el pasillo: "La pureza y la fragancia. La pureza de la fragancia y la fragancia de la pureza". ¡Fue extraordinario!

En ese momento, *Frau* Kellermann tocó la puerta.

—¿Están ustedes preparadas? —dijo mientras entraba en la habitación y saludaba amablemente con una inclinación de cabeza—. Los caballeros están aguardando en la entrada, y he invitado a la dama progresista a que nos acompañe.

—¡Oh, qué cosa más formidable! —exclamó Elsa—. Justo en este momento la *gnädige Frau* y yo estábamos tratando de...

—Pues sí, me topé con ella cuando salía de su cuarto y me dijo que le encantaba la idea. Al igual que nosotros, no ha estado nunca en Schlingen. Ahora mismo está abajo, hablando con *Herr* Erchardt. Creo que pasaremos una tarde deliciosa.

—¿También está esperando Fritz? —preguntó Elsa.

—Por supuesto, hija, y tan ansioso como un famélico que ansía la campanada de la comida. Ve corriendo.

Elsa echó a correr y *Frau* Kellermann me sonrió significativamente. Hasta ese momento, ella y yo habíamos conversado pocas veces, debido a que la "única ilusión que le quedaba", su encantador y pequeño Karl, no había logrado nunca inflamar esas chispas maternales que se supone arden en el corazón de toda hembra respetable.

Pero ante la posibilidad de hacer una excursión juntas, nos sentimos deliciosamente amables.

—Para nosotras —dijo— habrá dos razones de alegría. Poder admirar la dicha de esa simpática pareja de criaturas: Elsa y Fritz. Justamente ayer por la mañana recibieron las cartas de sus padres dándoles la bendición. Es algo muy curioso; pero cada vez que me encuentro en compañía de una pareja recién prometida, me siento florecer. Las parejas recién prometidas, las madres que tienen su primer hijo y las personas que mueren en su propia cama ejercen sobre mí el mismo efecto. ¿Nos reunimos con los demás?

Tuve ganas de preguntarle cómo los lechos mortuorios podían hacer que alguien se sintiera florecer. Pero en cambio, solo atiné a decir:

—Sí, reunámonos con ellos.

Ya en los escalones de la puerta nos saludó un pequeño grupo de bañistas, con esas voces de alegría y de entusiasmo que anuncian tan gratamente hasta las más tranquilas excursiones en Alemania. *Herr* Erchardt y yo no nos habíamos visto todavía ese día, así que, siguiendo las rígidas costumbres de la pensión, nos preguntamos el uno a la otra cuánto tiempo habíamos dormido aquella noche, si habíamos tenido sueños agradables, a qué hora nos habíamos levantado, si ya habían servido el café cuando bajamos a desayunar, y cómo había sido nuestra mañana. Después de subir agotados la escalera de la cortesía alemana, cuando llegamos al rellano, triunfales y sonrientes, hicimos una pausa para recuperar el aliento.

—Bueno —dijo *Herr* Erchardt—. Le cuento algo agradable. La *Frau* Professor va a acompañarnos esta tarde. Sí —haciendo una graciosa reverencia a la dama progresista—. Permítame que haga las presentaciones.

Nos saludamos solemnemente con una inclinación de cabeza y nos quedamos observándonos mutuamente, con esa mirada que llamaría de águila si no fuera más propia del sexo femenino que de una de las aves más inofensivas que existen.

—Creo que es inglesa —me dijo.

Lo admití.

—Justamente ahora estoy leyendo una serie de libros ingleses... o, mejor dicho, estudiándolos.

—¡Ah! —exclamó *Herr* Erchardt—. Qué salto ha dado ya. Yo decidí leer a Shakespeare en su propia lengua antes de morir. Pero que usted, *Frau* Professor, esté ya buceando en las profundidades del pensamiento inglés, es admirable.

—Por lo que pude entender hasta ahora —contestó ella—, creo que no hay tales profundidades.

Él aseveró efusivamente con la cabeza y contestó:

—Eso había escuchado... Pero no le apenemos a nuestra amiguita inglesa la excursión. Conversaremos sobre ello otro día.

—Entonces, ¿ya estamos listos? —gritó Fritz, que había permanecido al pie de la escalera tomando a Elsa por el codo.

En ese momento se supo que Karl había desaparecido.

—¡Karl, Karlchen! —gritamos.

Pero nadie respondió.

—Estaba aquí hasta recién —dijo *Herr* Langen, un joven pálido, de aire cansado, que estaba reponiendo su salud quebrada por un exceso de filosofía combinado con una alimentación muy pobre—. Estaba sentado aquí revisando el mecanismo de su reloj con una horquilla.

Frau Kellermann se volvió a mirarle.

—¿Y qué hacía usted que no lo impedía, querido *Herr* Langen?

—Sí, traté de impedirlo —contestó él.

—Ah, ese chico tiene tanta energía. Su cerebro no descansa un momento. Cuando no está haciendo una cosa, está haciendo otra.

—Quizás ahora se ha abocado al reloj de pared del comedor —agregó *Herr* Langen, con el deseo despreciable de que así fuera.

La dama progresista sugirió que nos fuéramos sin él.

—Yo —nos dejó saber— no saco nunca a mi niña de paseo. La he acostumbrado a que se esté muy quieta en el cuarto desde que salgo hasta que vuelvo.

—Aquí está, aquí está —gritó Elsa con voz aguda.

Y pudimos ver a Karl deslizándose por un castaño de ramas muy peligrosas.

—Mamá —confesó mientras *Frau* Kellermann le sacudía la ropa—: he estado escuchando lo que decían sobre mí. No es verdad lo del reloj. Estaba únicamente mirándolo. Y a la niña no la dejan en el cuarto, sino en la cocina. Me ha dicho ella que siempre la bajan ahí. Y...

—Bueno, basta —ordenó *Frau* Kellermann.

Empezamos a andar en grupo por el camino de la estación. La tarde era particularmente calurosa, y los grupos de bañistas que estaban tranquilamente haciendo la digestión al aire libre en los jardines de los hoteles nos llamaban continuamente para preguntar hacia dónde nos dirigíamos, y cuando decíamos que a Schlingen, exclamaban: *"Herr Got!,* feliz viaje", con envidia pobremente disimulada.

—Pero eso está a ocho kilómetros —gritó un viejo de barba blanca, que reclinada sobre la valla se abanicaba con un pañuelo amarillo.

—Siete y medio —replicó *Herr* Erchardt brevemente.

—Ocho —exclamó el sabio.

—Siete y medio.

—Ocho.

—Ese hombre está loco —declaró *Herr* Erchardt.

—Bueno, pues déjenlo en paz con su locura —dije yo, tapándome los oídos.

—Semejante ignorancia no puede quedar sin respuesta —contestó él.

Y dándonos la espalda, demasiado cansado ya para gritar, alzó siete dedos y medio.

—¡Ocho! —gritó el de la barba blanca, tan fuerte como si lo dijera por primera vez.

Nos sentimos un poco apenados y no pudimos reaccionar hasta que llegamos a un cartel indicador pintado de blanco que nos instaba a dejar la carretera y tomar un sendero a través del campo, pisando la hierba lo menos posible. Eso quería decir: fila india. Cosa muy desagradable para Elsa y Fritz. Karl, como un niño dichoso, iba delante, saltando, brincando y degollando cuantas flores podía con la punta de la sombrilla de su madre. Después venían los demás y en la retaguardia estaban los dos amantes. Tuve el privilegio de oír este cuchicheo delicioso que me llegó entre el rumor de las conversaciones del grupo que iba más adelante:

Fritz: —¿Me amas?

Elsa: —Oh, sí.

Fritz (apasionadamente): —Pero ¿cuánto?

Elsa no respondió a eso sino que dijo a su vez: —¿Cuánto me amas tú a mí?

Fritz evitó caer en aquella trampa replicando: —Te lo pregunté yo primero.

Me dejó esto tan confundida que adelanté a *Frau* Kellermann y caminé con la seguridad plena de que ella estaría floreciendo, pero de que yo no tenía obligación alguna de informar, ni aun al ser más próximo y más querido, de la exacta capacidad de mi afecto. ¿Y qué derecho tenían además a hacerse esta pregunta después de haber recibido las cartas de aprobación de sus respectivos padres? ¿Qué derecho tenían a preguntarse cualquier cosa? El amor, cuando se convierte en promesa o matrimonio, sólo puede ser afirmativo. Estaban usurpando los privilegios de quienes sabían más que ellos y eran más sensatos.

El prado, en su extremo, se encrespaba hasta convertirse en un inmenso pinar de aspecto fresco y agradable. Otro cartel nos rogó que tomáramos el amplio camino que iba a Schlingen y que dejáramos los papeles viejos y las cáscaras de fruta en los tachos de alambre sujetos a los bancos con ese fin. En el primero de ellos nos sentamos y Karl se puso a explorar con vivo interés el cesto de alambre.

—Amo los bosques —exclamó la dama progresista, sonriendo enternecida al paisaje—. En los bosques parece como si mi cabello reviviera y recuperara algo de su indómita condición primaria.

—Pues, hablando sinceramente —dijo *Frau* Kellermann después de una pausa—, no hay nada como el perfume de los pinos para el cuero cabelludo.

—¡Oh, *Frau* Kellermann! —exclamó Elsa—, por favor, no rompa la magia de este momento.

La dama progresista la miró con gran simpatía.

—¿También usted ha descubierto el prodigioso espíritu de la Naturaleza?

Herr Langen intervino:

—La Naturaleza no tiene espíritu —dijo seco y cortante, como suelen hablar esos que han filosofado mucho y comido poco—. Crea lo que va a destruir, fagocita lo que ha de vomitar y vomita lo que ha de devorar. Es por eso que nosotros, que estamos obligados a vivir precariamente a sus tiránicos pies, consideramos que el mundo está loco y nos damos cuenta de la terrible vulgaridad de la obra.

—Joven —interrumpió *Herr* Erchardt—: usted ni sabe lo que es vivir, ni sabe lo que es sufrir.

—Perdón. ¿Y usted cómo lo sabe?

—Yo lo sé porque usted me lo ha dicho. Y todo tiene su límite.

—Regrese a este mismo banco dentro de diez años y repita esas mismas palabras —intervino *Frau* Kellermann, echando una mirada a Fritz, dedicado a contar los dedos de Elsa con apasionado fervor—, regrese a este mismo banco dentro de diez años y repita estas mismas palabras trayendo con usted a su joven esposa, *Herr* Langen. Y tal vez viendo cómo juguetea con su hijito.

Después de decir esto, se volvió hacia Karl, que había conseguido arrancar del tacho de alambre un viejo periódico ilustrado y estaba deletreando el anuncio de un producto para el embellecimiento de los senos.

Decidimos seguir adelante. A medida que nos íbamos internando en el bosque, nuestro entusiasmo era cada vez mayor, hasta que, en un momento, se convirtió en canción a tres voces masculinas.

O welt wie bist du wunderbar[1]

---

1 "Oh, mundo. Cómo estás, maravilloso".

La parte del bajo fue interpretada intensamente por *Herr* Langen, quien sin éxito trató de infundirle ironía, de acuerdo con su "visión del mundo". Caminaban delante, acalorados y felices, dejando que nosotras siguiéramos sus pasos.

—Este es nuestro momento —dijo *Frau* Kellermann—. Querida *Frau* Professor, cuéntenos algo de su libro.

—¡Oh!, ¿cómo supo que estoy escribiendo un libro?

—Elsa, aquí presente, lo ha sabido por Lisa. Y como nunca hasta ahora había tenido ocasión de conocer a una mujer que escribiera un libro... ¿Cómo se las arregla para encontrar cosas suficientes que decir?

—Eso no es lo difícil —dijo la dama progresista, tomando a Elsa del brazo y apoyándose afectuosamente en él—. Lo difícil está en saber cuándo debe detenerse una. Mi cerebro ha sido durante años como una colmena, y en el transcurso de estos tres meses las aguas sumergidas han aflorado a la superficie de mi alma. Desde entonces escribo todo el día hasta altas horas de la noche, encontrando siempre inspiraciones nuevas, nuevos pensamientos que, ansiosos, agitan sus alas alrededor de mi corazón.

—¿Se trata de una novela? —preguntó Elsa, con timidez.

—Claro, será una novela —dije yo.

—¿Cómo puede estar tan segura? —dijo *Frau* Kellermann mirándome severamente.

—Porque solamente una novela puede producir semejante efecto.

—¡Oh!, no discutan —dijo la dama progresista, dulcemente—. Sí, se trata de una novela... sobre la mujer moderna. Porque nuestra época, creo yo, es la época de la mujer. Una época misteriosa, casi profética; el símbolo de la mujer avanzada verdadera; no una de esas desaforadas criaturas que reniegan de su sexo y disimulan sus quebradizas alas bajo...

—¿Un traje inglés estilo sastre? —agregó *Frau* Kellermann.

—No sé si decirlo con esas palabras. Más bien bajo la engañosa apariencia de una falsa masculinidad.

—¡Qué distinción más sutil! —dije yo en voz muy baja.

—¿Cómo —preguntó *Fräulein* Elsa, mirando embelesada a la dama progresista—, cómo, en su opinión, ha de ser la verdadera mujer?

—Debe ser la encarnación del amor comprensivo.

—Pero, mi querida *Frau* Professor —protestó *Frau* Kellermann—, tenga usted en cuenta que una mujer tiene muy pocas oportunidades de mostrar su femineidad en su vida doméstica y cotidiana. Una mujer casada está todo el día ocupada y, cuando su marido regresa a casa por la noche, ella está muerta de sueño. No siempre puede vestirse elegantemente para que el hombre aprecie sus encantos.

— Nada tiene que ver el amor con el lujo —sentenció la dama progresista—. Es, contrariamente, una luz que se lleva en el corazón y que ilumina con sus rayos calmos todas las cumbres y las profundidades...

—...del África tenebrosa —murmuré yo, en tono de burla.

Ella no pareció notar mi interrupción.

—El error es que insistimos en aferrarnos al pasado —continuó—, sin notar que el mundo avanza.

—¡Oh! —exclamó Elsa con nostalgia—. Yo sé bien lo que es esto. A mi Fritz le gustaría mucho que yo fuese una mujer elegante, moderna, que exhibiera mis encantos...

—Eso sería muy peligroso —comenté yo.

—Siempre hay belleza en el peligro, o peligro en la belleza. Esta es la idea de mi libro: la mujer no es sino un don, un presente.

Le sonreí dulcemente.

—¿Sabe —le dije— que a mí también me gustaría escribir un libro sobre la conveniencia de cuidar de los hijos, de sacarlos de paseo y no tenerlos en la cocina?

Creo que los hombres escucharon mis crispadas intervenciones, porque dejaron de cantar, y, abandonando el bosque, trepamos todos para ver Schlingen a nuestros pies; escondido en un círculo de colinas, las casas blancas brillaban bajo la luz del sol por todos lados "como si fueran huevos en un nido de pájaros", según me dijo *Herr* Erchardt.

Bajamos a Schlingen y pedimos leche agria con nata fresca y pan en la posada del "Ciervo de Oro". Un lugar muy acogedor. Las mesas estaban instaladas en un jardín con rosales, donde las gallinas y los polluelos se peleaban, revoloteando sobre las mesas desocupadas y picoteando los vívidos dibujos de los manteles. Pusimos el pan en los tazones, añadimos la nata y lo revolvimos todo con cucharas semiplanas de madera, mientras el posadero y la posadera permanecían de pie a nuestro lado.

—Extraordinario tiempo —dijo *Herr* Erchardt agitando frente al anfitrión la cuchara.

Él se encogió de hombros.

—¿Acaso no le parece extraordinario?

—Como usted diga —contestó el posadero, que ostensiblemente nos desairaba.

—¡Qué paseo más hermoso! —dijo *Fräulein* Elsa, ofreciendo su sonrisa a la posadera.

—Yo no ando nunca —dijo ella—. Cuando voy a Mindelbau, mi marido me lleva en el carro. Tengo cosas más importantes que hacer con las piernas que andar con ellas por la tierra.

—Me agradan estas personas —me dijo *Herr* Langen en tono de confesión—. Me agradan mucho, mucho. Al punto de que creo que voy a tomar aquí una habitación para todo el verano.

—¿Por qué?

—Porque viven apegados a la tierra y la desprecian.

Hizo a un lado su tazón de leche agria y encendió un cigarrillo. Comimos sólidamente y a conciencia. Hasta el punto de que aquellos siete kilómetros y medio a Mindelbau se nos antojaban tan largos como la eternidad. Aun la vitalidad de Karl se sintió tan agotada, que el chico, quitándose el cinturón, se tumbó en el suelo. Elsa de improviso se aproximó a Fritz para susurrarle algo, que él oyó hasta el fin, y después de preguntarle si lo quería, se puso de pie y nos dio un pequeño discurso.

—Nosotros, nosotros... queremos celebrar nuestra boda invitándolos a todos a volver en el carro del posadero. Si esto les parece bien.

—¡Oh, qué idea más noble y más hermosa! —dijo *Frau* Kellermann, dando un suspiro de satisfacción muy audible.

—Es mi pequeño obsequio —dijo Elsa a la dama progresista quien, después de las tres raciones ingeridas, casi derramó lágrimas de gratitud.

Apretados en el rústico carro guiado por el posadero, quien demostraba reiteradamente su desprecio por la madre tierra escupiéndola una y otra vez groseramente, nos zarandeamos camino de casa, y cuanto más cerca estábamos de Mindelbau más nos queríamos los unos a los otros.

—Hay que hacer muchas excursiones como esta —me dijo *Herr* Erchardt—; no cabe duda de que al aire libre se llega a conocer mejor a las personas; se comparten las mismas alegrías, y se siente uno más propenso a la amistad. ¿Qué era lo que decía su Shakespeare? Un momento, ya lo recuerdo: "Los amigos cuya lealtad hayas probado, aférralos a tu alma con garfios de acero".

—Pero el problema para mí —dije, sintiendo gran simpatía hacia él— es que mi alma no quiere aferrar a nadie. Estoy segura de que el peso muerto de un amigo cuya lealtad hubiera experimentado mataría mi alma inmediatamente. Nunca ha querido mi alma tener nada que ver con un garfio.

Chocó contra mis rodillas y me pidió que lo perdonara; a él y al carro.

—Querida señorita: no debe tomar las citas literalmente. Por supuesto, uno no tiene conciencia física de esos garfios; pero hay garfios en el alma del que ama o de la que ama a sus semejantes... Fíjese en esta tarde, por ejemplo. ¿Cómo salimos? Como extraños, podríamos decir, y pese a todo, ¿cómo hemos vuelto a casa, todos y cada uno?

—En carro —dijo "la última alegría", quien, sentado en el regazo de su madre, se sentía malo.

Bordeamos aquel campo que habíamos cruzado, y dimos la vuelta por el cementerio. *Herr* Langen se asomó, sentado en el borde de su asiento, y saludó a las tumbas. Estaba al lado de la dama progresista, al amparo de sus espaldas, y oí que ella musitaba:

—Parece un muchachito con esos cabellos despeinados por el viento.

Herr Langen, con un poco menos de amargura, vio desaparecer las últimas tumbas.

Y ella agregó entonces:

—¿Por qué está usted tan triste? Yo también a veces me siento triste; pero... aunque me parece demasiado joven para que yo ose decirle esto: Yo... también sé lo que es la dicha.

—¿Qué es lo que usted sabe? —preguntó él.

Me acerqué a la dama progresista y le toqué la mano.

—¿Verdad que ha sido una tarde deliciosa? —dije—. Pero, ¿sabe usted? Su teoría sobre la mujer y el amor es tan vieja como el mundo. O quizá más.

En la carretera resonaron gritos de triunfo. Sí, allí estaba de nuevo: con sus barbas blancas, su pañuelo de seda, y su entusiasmo indomeñable.

—¿Qué les decía yo? Ocho kilómetros. Eso es.

—¡Siete y medio! —chilló *Herr* Erchardt.

—Entonces, ¿por qué vienen en carro? Tienen que ser ocho.

Herr Erchardt, de pie en el carro temblequeante mientras *Frau* Kellermann lo sostenía por las rodillas, hizo bocina con sus manos para gritar:

—¡Siete y medio!

—La ignorancia no puede quedar sin respuesta —dijo a la dama progresista.

El clavel

Por aquellos días tan cálidos, Eve —la única Eve— cargaba siempre con una flor. La olfateaba, la giraba entre los dedos, la posaba sobre su mejilla, la sostenía entre los labios, le hacía cosquillas en el cuello con ella a Katie, y terminaba destrozándola y comiéndola pétalo a pétalo.

—Las rosas son riquísimas, Katie querida —decía siempre, de pie en el oscuro guardarropa, curiosamente decorado con los floridos sombreros que colgaban de los percheros a su espalda—, pero los claveles son sencillamente extraordinarios. Saben como… como a… bueno.

Y su risita aguda se iba volando por entre aquellas enormes y raras corolas de la pared de atrás. (Pero qué malvada esa risita tan aguda; Katie se la imaginaba con un pico largo y filoso, garras y ojos como cuentas).

Hoy era un clavel. Había llevado un clavel a la clase de francés. Un clavel de un rojo tan encarnado, que parecía haber sido sumergido en vino y puesto luego a secar en la oscuridad. Lo sostenía ante ella en su banco con los ojos entornados y una leve sonrisa.

—¿No les parece encantador? —decía—. Pero…

—*Un peu de silence, s'il vous plaît* —dijo Monsieur Hugo.

¡Uf, qué calor más insoportable! Era algo excesivo; algo espantoso. Un calor como para cocerse una viva.

Las dos ventanas cuadradas del aula de francés estaban abiertas de par en par, y las cortinas bajadas a medias. No entraba aire, las cuerdas se hamacaban y la cortina bailaba. Pero lo cierto era que desde el exterior brillante no ingresaba ni un soplo de viento.

Hasta las chicas, en aquella habitación en penumbra, con sus pálidas blusas y las rígidas mariposas de sus lazos posadas sobre sus cabezas, parecían exhalar una blancura cálida y enfermiza, mientras que el blanco chaleco de Monsieur Hugo relucía como el vientre de un escualo.

Algunas de las alumnas tenían el rostro muy rojo y otras muy blanco. Vera Hollaüd había peinado sus negras ondas *á la japonaise,* con un palo y un lápiz rojo, y estaba divina. Francie Owen se había subido las mangas casi hasta el hombro, había pintado de azul la pequeña vena del antebrazo, luego lo había apretado contra el otro y ahora miraba la marca que había quedado. Tenía la manía de dibujarse con tinta. Llevaba siempre en la uña del pulgar una cara con el pelo negro dividido en dos. Sylvia Mann se quitó el cuello y la corbata y los dejó en el banco que estaba delante de ella, tan tranquila, como si fuera a lavarse el pelo en su cuarto.

Aquella chica tenía coraje. Y Jennie Edwards arrancó una hoja de su cuaderno y escribió allí:

"Tenemos que pedirle al viejo Hugo-Wugo que nos compre, al volver a casa, tres peniques de vainilla". Después se lo pasó a Connie Baker, que se puso tremendamente colorada y estuvo a punto de dejar escapar un grito. Todas estaban echadas hacia atrás y bostezando. Todas miraban fijamente al redondo reloj, que parecía haberse vuelto más pálido también, y cuyas manecillas se arrastraban avanzando apenas.

—*Un peu de silence, s'il vous plaît* —dejó oír Monsieur Hugo. Y alzó luego su mano hinchada para agregar—: Señoritas, dado que hoy hace tanto calor, no tomarán más apuntes. Pero voy a leerles —hizo una pausa y sonrió con una amplia y cándida sonrisa—una pequeña poesía francesa.

—¡Dios mío! —gimió Francie Owen.

—Bueno, señorita Owen —le dijo Monsieur Hugo, sonriendo con sonrisa tolerante—. No hace falta que preste atención. Puede dedicarse a pintarse. Le ofrezco también mi tinta roja, para que sume a la suya negra.

Qué bien conocían ese pequeño libro azul de bordes rojos que se sacó del bolsillo del saco. Tenía un señalador de seda verde bordado con nomeolvides y, cada vez que se ponía a hojearlo, casi siempre había risitas burlonas. ¡Pobre Hugo-Wugo! Le encantaba leer poemas. Solía empezar bajito y despacio; luego su voz iba poco a poco aumentando de volumen, estremeciéndose y concentrándose; después solía rogar, implorar, suplicar, para más tarde alzarse triunfalmente y tornarse luminosa, hasta que finalmente, poco a poco también, decrecía, se hacía más débil, más cariñosa y calma para terminar muriendo en el silencio.

La dificultad estribaba, claro está, en que una no pudiera reprimirse si aquello le parecía bobo, y entonces se produjera un verdadero estallido de risitas. No porque realmente fuera risible, sino porque la ponía a una violenta, le hacía sentirse a una extraña y simple, como avergonzada del viejo Hugo-Wugo. Pero, hija, que fuera ahora a meternos eso con ese calor...

—Ánimo, mi niño bonito —dijo Eve a su fatigado clavel, mientras lo besaba.

Empezó a leer. Casi todas las alumnas, apoyando la cabeza sobre los brazos, se echaron sobre los bancos, como muertas al primer disparo. Solamente Eve y Katie se mantenían rígidas e inmóviles. Katie no entendía suficientemente el francés como para comprender; pero Eve escuchaba con las cejas alzadas, los párpados semicerrados y una sonrisa que era como el fantasma de su risita cruel. Como el alado fantasma de aquella cruel risita que le estaba rondando por los labios.

Formó con sus dedos un cálido y blanco cáliz dejando el clavel dentro. ¡Oh, qué perfume! Llegaba hasta Katie. Era demasiado. Y Katie se volvió hacia la enceguecedora claridad del exterior que se veía por la ventana.

Sabía que allí, al pie de la ventana, había un patio empedrado con canto rodado y rodeado de establos. Por eso el aula de francés olía un poco a amoníaco. No era desagradable; resultaba algo penetrante, vívido... mordaz, que para Katie terminaba por caracterizar a la lengua francesa.

En aquel momento, oía a alguien que andaba con zuecos sobre el canto rodado y el ruido de los baldes que llevaba. Luego el fu-fu, fu-fu de la bomba al ser accionada y el borboteo del agua que venía después. La estaban tirando sobre alguna cosa, probablemente sobre las ruedas del carro. Y vio las ruedas, convenientemente apuntaladas para alzarlas del suelo, girando y girando, lanzando destellos negros y rojos, y despidiendo grandes gotas oblicuas. Mientras trabajaba, el hombre aquel seguía silbando con un fuerte y audaz silbido que planeaba sobre el rumor del agua como un pájaro sobre la superficie del mar. Luego se fue. Pero volvió llevando un caballo ruidoso.

Fu-fu, fu-fu, hacía la bomba. Ahora arrojaba agua sobre las patas del caballo, y las enjuagaba pasándoles el cepillo. Podía verlo con precisión, con la camisa descolorida, las mangas enrolladas y el pecho desnudo salpicado de agua. Y en el momento en el que silbaba más fuerte y despreocupadamente, yendo de aquí para allá e inclinándose para cepillar, la voz de Hugo-Wugo comenzó a volverse cálida e intensa, a concentrarse, a vibrar, para elevarse, siguiendo no sé cómo el ritmo del silbido del hombre de allá afuera. (¡Ah, el perfume del clavel de

Eve!), hasta convertirse en algo que se elevaba arrollador, triunfal, que se volvía luminoso... y luego...

Toda la clase pareció fracturarse.

—Muchas gracias, señoritas —exclamó Monsieur Hugo, reclinándose desde su alto pupitre sobre aquel mar erizado.

—Quédate con él, querida. *Souvenir tendre* —dijo Eve a Katie, arrojándole el clavel contra su blusa.

La fiesta en el jardín

Y, después de todo, el tiempo era ideal. Si lo hubieran encargado no habría resultado un día más perfecto para la fiesta en el jardín No había viento, brillaba el sol, y no se divisaba una sola nube en todo el cielo. El azul sólo estaba velado por una neblina de luz dorada, como ocurre a veces a comienzos del verano. El jardinero estaba en pie desde el alba, segando el prado y barriéndolo, hasta que el césped y los rosetones chatos y oscuros donde habían estado las margaritas parecieron brillar. Y uno tenía también la sensación de que las rosas habían comprendido que eran las únicas flores que realmente impresionan a la gente que acude a una fiesta en el jardín; las únicas flores que todo el mundo reconoce sin miedo a una equivocación. Cientos, sí, literalmente cientos habían abierto en la noche; las zarzas verdes estaban inclinadas como si los arcángeles las hubieran visitado.

Todavía no habían terminado de desayunar cuando llegaron los hombres que debían armar la carpa.

—Mamá, ¿dónde quieres que levanten la carpa?

—Hijita, no me lo preguntes a mí. Este año he decidido que todo quede en manos de ustedes. Olvídense de que soy su madre y trátenme como si fuese una invitada de honor.

Pero Meg no podía vigilar a los hombres. Antes de almorzar se había lavado la cabeza, y estaba sentada tomando café; llevaba un turbante verde, con un oscuro rizo húmedo pegado en cada mejilla. Josephine, la mariposa, acostumbraba a bajar con sólo unas enaguas de seda verde y, encima, su kimono.

—Tendrás que ir tú, Laura; tú eres la artista de la familia.

Y Laura salió corriendo, llevando todavía en la mano un pedazo de pan con manteca. Es genial encontrar una excusa para poder comer afuera y, además, le encantaba poder arreglar cosas; siempre le había parecido que era capaz de hacerlo mucho mejor que los otros.

Cuatro hombres en mangas de camisa estaban juntos en un camino del jardín. Llevaban estacas cubiertas con rollos de tela, y grandes cajas de herramientas a la espalda. Eran impresionantes. Laura hubiera preferido no tener ese pedazo de pan con manteca en la mano, pero no había donde ponerlo, y no se lo podía tragar entero. Se puso colorada y trató de parecer muy seria y hasta un poco corta de vista cuando se acercó a ellos.

—Buenos días —dijo, imitando la voz de su madre. Pero sonó tan espantosamente afectada que le dio vergüenza y comenzó a tartamudear como una niña—: Ah…, sí…, ya llegaron ¿no?…, es por la carpa, ¿verdad?

—Exactamente, señorita —dijo el más fornido de los cuatro hombres, un individuo delgado y pecoso, mientras se cambiaba de hombro la bolsa de las herramientas, se echaba el sombrero de paja hacia atrás y le dirigía una sonrisa—. Vinimos para eso.

Su sonrisa era tan sincera, tan amigable, que Laura se recobró el ánimo. ¡Qué lindos ojos tenía! ¡Pequeños, pero de un azul tan oscuro! Miró a los demás que también sonreían. Parecían decirle: "¡Ánimo, no te vamos a comer!". ¡Qué obreros tan simpáticos! ¡Y qué hermosa mañana! Pero no tenía que mencionar la mañana; debía ser una persona de negocios: la carpa.

—Muy bien, ¿qué les parece la explanada de las lilas? ¿Quedaría bien ahí?

Y señaló hacia donde estaban los lirios con la mano que no sostenía el pedacito de pan con manteca. Los hombres se quedaron mirando en esa dirección. Uno bajito hizo una mueca con el labio inferior y el más alto frunció el ceño.

—No me gusta mucho —dijo—. No destacará demasiado. Mire, cuando se trata de una carpa —dijo girando hacia Laura con sus modales naturales— lo que queda mejor es ubicarla en un lugar en el que resalte, si entiende lo que quiero decir.

La educación de Laura la obligó a considerar por un instante si era suficientemente respetuoso que un obrero le hablase de esa manera y eso de "resaltar". Pero entendía lo que él quería decir.

—Una esquina de la cancha de tenis —sugirió—. Aunque la orquesta estará también en una esquina.

—Mmm…, va a haber una orquesta, ¿eh? —dijo otro de los trabajadores. Este era un tipo pálido, y tenía una mirada demacrada mientras sus ojos oscuros estudiaban la cancha de tenis. ¿En qué pensaba?

—No es más que una pequeña —explicó Laura amablemente. Tal vez no le importase tanto si la orquesta era pequeña. Pero el obrero más alto intervino.

—Mire, señorita, lo mejor es que lo montemos ahí. Junto a esos árboles. ¿Ve? Ahí. Quedará muy bien.

Junto a las karakas. Pero entonces las karakas quedarían escondidas. Y eran tan lindas, con sus hojas anchas y brillantes, y los racimos amarillos del fruto. Eran como los árboles que una se imagina creciendo en una isla desierta, orgullosos, solitarios, elevando sus hojas y frutos hacia el sol en una especie de silencioso esplendor. ¿Tenían que quedar ocultos tras la carpa?

Y quedarían ocultos. Porque ya los hombres habían cargado las estacas y estaban arreglando el sitio. Solo el alto quedó atrás. Se inclinó, apretó una varita de lavanda, se llevó el pulgar y el índice a la nariz y aspiró el perfume. Cuando Laura vio el gesto olvidó los karakas, en su asombro de que al hombre le gustara una cosa así, le gustara el perfume de las lavandas. ¿Cuántos hombres de los que ella conocía hubieran hecho algo así? ¡Oh, qué simpáticos son los obreros! ¿Por qué no podía tener amigos obreros en vez de los muchachos tontos con quienes bailaba y que venían a cenar los domingos? Se entendería mucho mejor con hombres así.

Todo eso es culpa —decidió, mientras el más alto de los trabajadores dibujaba algo en la parte posterior de un sobre, algo que debía ser atado en alto o que podía quedar colgando—, todo eso es culpa de estas ridículas distinciones de clase. Aunque ella, por su parte, no les prestaba atención. Ni un poco de atención, ni un átomo… Y se empezó a escuchar el tac, tac de los martillos de madera. Uno silbaba, otro cantaba. "¿Estás ahí, amigo?". "¡amigo!". Qué amable era esa forma de tratarse, qué…, qué… Simplemente para demostrar lo contenta que estaba, para mostrarle al obrero más alto que se sentía completamente a sus anchas y que despreciaba todos aquellos estúpidos convencionalismos, Laura dio un mordisco al trocito de pan con manteca mientras contemplaba el dibujo. Se sentía exactamente como una trabajadora más.

—¡Laura, Laura! ¿Dónde estás? ¡Laura, teléfono! —gritó una voz desde la casa.

—¡Ya voy! —Y salió corriendo, por el césped, el senderito y escaleras arriba, por la terraza, hacia el porche. En el recibidor, su padre y Laurie estaban cepillándose los sombreros, listos para salir hacia la oficina.

—Escucha, Laura —dijo Laurie apurado—, fíjate si puedes darle un vistazo a mi smoking antes de esta tarde. Por si hay que plancharlo.

—De acuerdo —respondió. Pero, de pronto, no pudo contenerse y corrió hacia su hermano y le dio un rápido abrazo—. Oh, me encantan las fiestas, ¿a ti no? —dijo, murmurando.

—A mí también me gustan bas-tan-te —replicó Laurie con su cálida voz infantil, abrazando a su hermana, y dándole una amable palmadita—. Anda, niña, ve al teléfono.

El teléfono.

—Sí, sí; claro, sí, por supuesto. ¿Kitty? Buenos días, querida. ¿Vienes a almorzar? Sí, querida. Encantada. Va a ser una comida ligera: restos de sándwiches y de merengues y alguna otra cosita. Sí, ¿no es un día divino? ¿El blanco? ¡Oh, claro! Desde luego, yo me lo pondría. Un momento; espera. Mamá me llama —Laura se sentó—. ¿Qué, mamá? No te escucho.

La voz de la señora Sheridan llegó desde lo alto de las escaleras:

—Dile que se ponga aquel sombrerito tan encantador que llevaba el domingo pasado.

—Mamá dice que te pongas aquel sombrerito encantador que llevabas el domingo. Dios mío. La una. Adiós, Kitty, adiós.

Laura colgó el auricular, levantó los brazos sobre la cabeza, hizo una aspiración profunda, los estiró y los dejó caer. ¡Uf!, suspiró, y en seguida se enderezó en el asiento. Se quedó quieta, escuchando. Todas las puertas de la casa parecían abiertas. La casa estaba viva, con rápidas pisadas y voces incesantes. La puerta verde que conducía a la cocina se abría y cerraba con un golpe sordo. Ahora podía escuchar un sonido ridículo, cloqueando. Era el piano pesadísimo arrastrado sobre sus ruedas tiesas. Y ¡qué aire! Si uno se pone a pensar ¿será el aire siempre así? Brisas suaves se perseguían fuera y allá arriba, en las ventanas. Y había dos pequeñas manchas de sol, una en el tintero, otra en un marco de plata, jugando también. Deliciosas manchitas, sobre todo encima de la tapa del tintero. Estaba casi caliente. Una cálida estrellita de plata. Daban ganas de besarla.

Sonó el timbre de la puerta delantera, y se oyó el frufrú de la falda estampada de Sadie bajando las escaleras. Murmullos de una voz de hombre; y Sadie que respondía:

—No sé nada de nada. Espere un momento. Preguntaré a la señora Sheridan.

—¿Qué ocurre, Sadie? —dijo Laura yendo hacia el recibidor.

—Es el florista, señorita Laura.

Y ahí estaba. En la puerta abierta de par en par, había una ancha bandeja colmada de macetas con lirios rosados. Nada más. Nada más que lirios, lirios, lirios, grandes flores rosadas, muy abiertas, radiantes, terriblemente vivas sobre sus rojos tallos lustrosos.

—¡Oh, Sadie! —dijo Laura, y el sonido de su exclamación se oyó como un pequeño gemido.

Se agachó, como si quisiese calentarse con aquel resplandor de los lirios; sintió como si los tuviese en los dedos, en los labios, creciéndole en el pecho.

—Debe ser un error —murmuró débilmente—. No hemos encargado tantos. Sadie, ve a buscar a mamá.

Pero en aquel preciso instante apareció la señora Sheridan.

—Sí, sí, están bien —dijo tranquilamente—. Sí, los encargué yo. ¿No te parecen formidables? —dijo apretando el brazo de Laura—. Ayer pasé frente a la florería y los vi en la vidriera. Y de pronto pensé que por una vez en la vida podía darme el gusto de tener todos los lirios que quisiera. Y la fiesta es una excelente excusa.

—Pero creía que habías dicho que no ibas a meterte en nada —dijo Laura. Sadie ya se había marchado. El hombre de la florería continuaba afuera, junto a la camioneta del reparto. Rodeó con un brazo el cuello de su madre y muy, muy dulcemente, le mordió la oreja.

—Hijita, estoy segura de que no te gustaría tener una madre que pecase de lógica, ¿verdad? No me hagas eso. Mira, ya vuelve el señor.

El hombre volvía con más lirios, otra canasta llena.

—Póngalos todos juntos, por favor. Aquí dentro, al lado de la puerta, a ambos lados del porche —dijo la señora Sheridan—. ¿No crees que ahí estarán bien, Laura?

—Oh, estupendamente, mamá.

En la sala de estar, Meg, Josephine y el bueno de Hans por fin habían logrado mover el piano.

—Veamos. Si ponemos este sofá contra la pared y sacamos todo lo que queda en la sala salvo las sillas... ¿Qué les parece?

—Bien.

—Hans, lleva estas mesitas al cuarto de fumar y trae una escoba para barrer las marcas de la alfombra y..., un momento Hans... —a Josephine le encantaba darles órdenes a los criados y a ellos les encantaba obedecerlas. Siempre les hacía sentir que participaban en una especie de obra de teatro—. Por favor, diles a mi madre y a la señorita Laura que vengan inmediatamente.

—Como usted diga, señorita Josephine.

Esta se volvió hacia Meg.

—Quiero ver cómo suena este piano, por si esta tarde me piden que cante. Probémoslo. Podemos cantar "Oh, qué vida agotada".

¡Pom-ta-ta-ta! El piano sonó con tal furia que Josephine cambió de color. Juntó las manos. Les pareció triste y enigmática a su madre y a Laura cuando entraron.

Esta vida es agota-da,
Una lágrima… un suspiro
Un amor que cam-bia
Esta vida es tris-te
Una lágrima… un suspiro
Un amor que cam-bia,
Y entonces… ¡adiós!

Pero en la palabra "adiós", y pese a que el piano parecía más desesperado que nunca, su rostro se iluminó con una brillante sonrisa, terriblemente antipática.

—¿Verdad que no ando mal de voz, mami? —dijo Josephine, contenta.

Esta vida es agota-da,
La esperanza viene a morir.
Un sueño… un despertar.

Pero en ese instante Sadie les interrumpió.

—¿Qué ocurre, Sadie?

—Disculpe, señora, la cocinera pregunta que si tiene la lista de los emparedados.

—¿La lista de los emparedados? —repitió, ausente, la señora Sheridan. Y por el gesto sus hijas adivinaron que no la tenía—. Déjame pensar —agregó con decisión—: Sadie, por favor, dile a la cocinera que se la daré en diez minutos.

Sadie salió.

—Veamos, Laura —dijo su madre rápidamente—, ven conmigo al cuarto de fumar. Anoté los nombres detrás de un sobre y debe estar en algún lugar. Tendrás que escribirlos tú. Meg. Sube ahora mismo y quítate esa cosa húmeda de la cabeza. Y tú, Josephine, ya puedes ir corriendo y terminar de vestirte. ¿Me escuchan, chicas, o quieren que se lo diga a su padre cuando vuelva esta noche? Y…, y, Josephine, si vas a la cocina, tranquiliza a la cocinera, ¿sí? Esta mañana le tengo verdadero pánico.

Al final, el sobre apareció detrás del reloj del comedor, aunque la señora Sheridan no entendía cómo había ido a parar allí.

—Una de ustedes debe de haberlo robado de mi cartera porque recuerdo perfectamente… queso fresco y cuajada con limón. ¿Lo escribieron?

—Sí.

—Huevo y… —la señora Sheridan estiró los brazos y alejó el sobre—. Parece atún, pero no puede ser, ¿verdad?

—Aceitunas, queridita —dijo Laura, leyendo por encima del hombro.

—Por supuesto, aceitunas. ¡Qué combinación tremenda: huevos y aceitunas!

Por fin terminaron y Laura llevó la lista a la cocina. Allí se encontró con Josephine tranquilizando a la cocinera, que no parecía tan aterradora.

—Nunca he visto sándwiches tan exquisitos —dijo Josephine, con voz extasiada—. ¿Cuántas clases hay? ¿Quince?

—Quince, señorita Josephine.

—Bueno, la felicito.

La cocinera recogió las cortezas con el cuchillo de cortar pan, y sonrió satisfecha.

—Ha llegado el de Casa Godber —anunció Sadie, saliendo de la despensa. Había visto pasar al hombre por la ventana.

Eso significaba que habían llegado los pastelitos de crema. Godber era famoso por sus pastelitos de crema. A nadie se le ocurría hacerlos en casa.

—Tráigalos y póngalos sobre la mesa —ordenó la cocinera.

Sadie los trajo y volvió a la puerta. Por supuesto, Laura y Josephine eran demasiado mayores para entusiasmarse demasiado con los dulces. Con todo, no podían negar que eran muy buenos. Mucho. La cocinera empezó a arreglarlos, quitándoles el azúcar sobrante.

—¿No te recuerdan a todas las fiestas pasadas? —preguntó Laura.

—Supongo que sí —respondió la práctica Josephine, a la que no le gustaba mucho recordar—. Parecen ligeros y esponjosos, hay que reconocerlo.

—Vamos, tomen uno cada una, queridas —dijo la cocinera con voz amable—. Su madre no se enterará.

Oh, imposible, ¡pastelitos de crema cerca del desayuno! La sola idea las estremecía. Pero dos minutos después Josephine y Laura se estaban chupando los dedos con ese aire absorto que sólo da la crema de batida.

—Salgamos al jardín por el camino de atrás —sugirió Laura—. Quiero ver cómo van los hombres con la carpa. ¡Son tan simpáticos!

Pero la puerta trasera estaba bloqueada por la cocinera, Sadie, el hombre de Godber y Hans.

Algo había pasado.

—Tac-tac-tac —cloqueaba la cocinera como una gallina asustada. Sadie tenía una mano apretándose la cara como si tuviera dolor de muelas. La cara de Hans estaba fruncida mientras trataba de comprender. Sólo el dependiente de Godber parecía disfrutar la situación. Él era quien estaba contando.

—¿Qué pasó, qué ha sucedido?

—Un horrible accidente —dijo la cocinera—, un hombre ha muerto.

—¡Un muerto! ¿Dónde, cuándo?

Pero el empleado de Godber no iba a perder su relato.

—¿Conoce, señorita, aquellas casitas allá abajo?

¿Conocerlas? Claro que ella las conocía.

—Bueno, allí vive un muchacho carretero, se llama Scott. A su caballo lo asustó esta mañana un camión y lo tiró de cabeza en la esquina de la calle Hawke. Ha muerto.

—¡Muerto! —y Laura miró al hombre con asombro.

—Ya estaba muerto cuando lo levantaron —contestó el hombre con entusiasmo—. Llevaban el cuerpo a la casa cuando yo venía.

Y dirigiéndose a la cocinera:

—Deja una mujer y cinco hijos.

—Josephine, ven acá —Laura tomó a su hermana de un brazo y se la llevó por la cocina al otro lado de la puerta verde. Se recostó contra ella.

—Josephine —le dijo escandalizada—, ¿vamos a suspender todo?

—¡¿Suspender todo, Laura?! —gritó Josephine azorada—. ¿Qué quieres decir?

—Suspender la fiesta en el jardín, claro —¿Por qué fingía Josephine?

—¿Suspender la fiesta? Laura, linda, no digas ridiculeces. Nadie espera que la suspendamos. No seas ridícula.

—Pero no vamos a dar una fiesta en nuestro jardín con un hombre muerto enfrente de la casa.

Aquello sí que era grotesco. En realidad las casitas formaban una especie de callejuela apartada y estaban en la falda de la cuesta que llevaba a la casa. Entre ambas quedaba todo el ancho camino. Era cierto que estaban demasiado cerca.

Ciertamente eran la mancha más importante en el paisaje que se divisaba desde la mansión, y no tenían ningún derecho a estar en aquella vecindad. Eran unas casuchas infames pintadas de color pardusco, chocolate. En sus jardincitos delanteros lo único que había eran rabos de coles, gallinas pelonas y latas de tomate. Incluso el humo que salía de sus chimeneas olía a pobreza. Formaba harapos y girones brumosos y no los grandes penachos plateados que brotaban de las chimeneas de los

Sheridan. En la callejuela vivían lavanderas, barrenderos y un zapatero, y un hombre que tenía el frente de su casa completamente cubierto por pequeñas jaulas de pájaros. Los muchachitos vagueaban a sus anchas. Cuando los Sheridan eran pequeños se les había prohibido ir allí para evitar las palabrotas que pudiesen oír y posibles contagios. Pero ya de mayores, Laura y Laurie habían pasado algunas veces por la callejuela en sus paseos. Era una zona sórdida y repugnante. Cuando pasaban por allí siempre sentían un escalofrío. Así y todo había que conocerlo todo; debían verse todas las caras de la realidad. Por eso pasaban por allí.

—Pero imagínate el efecto que le producirá a esa pobre mujer la música de la orquesta —dijo Laura.

—¡Oh, Laura, por Dios! —Josephine empezaba a enojarse de verdad—. Si vas a prohibir que toque la orquesta cada vez que alguien tiene un accidente, te garantizo una vida muy dura. Lo siento tanto como tú. También me da lástima —su mirada se hizo más dura. Miró a su hermana como acostumbraba a mirarla de pequeñas, cuando se peleaban—. Por muy sentimental que seas no conseguirás devolver la vida a un pobre obrero borracho —dijo en voz baja.

—¡Un borracho! ¿Quién ha dicho que estuviese borracho? —dijo Laura mirando furiosa a su hermana. Y reaccionó diciendo exactamente las mismas palabras que acostumbrara a decir cuando niñas—: Ahora mismo se lo voy a contar a mamá.

—Ve, Laura, ve —la animó Josephine.

—Mamá, ¿puedo pasar? —preguntó Laura haciendo girar el picaporte de vidrio.

—Claro, hija. Pero ¿qué te ocurre? ¿Qué haces tan colorada? —preguntó la señora Sheridan dándose media vuelta frente al tocador. Se estaba probando un sombrero nuevo.

—Mamá, acaba de morir un hombre —empezó a contar Laura.

—¿En nuestro jardín? —la interrumpió su madre.

—¡No, no!

—¡Oh, qué susto me has dado! —dijo la señora Sheridan suspirando aliviada, y quitándose el gran sombrero que colocó sobre sus rodillas.

—Mamá ¿quieres escucharme? —suplicó Laura. Jadeando, casi atragantándose, le contó aquel tremendo suceso—. Naturalmente tenemos que suspender la fiesta, ¿verdad? —suplicó—. Imagínate la orquesta y toda la gente invitada. Nos oirían, mamá: ¡son casi vecinos nuestros!

—Pero, hijita, piensa un poco con la cabeza. Sólo nos hemos enterado de lo ocurrido por casualidad. Si alguien hubiese muerto de muerte natural, y lo cierto es que no entiendo muy bien cómo siguen viviendo hacinados en esos agujeros sucios, no hubiésemos suspendido la fiesta, ¿no es verdad?

La única respuesta que Laura podía dar al planteamiento de su madre era un "sí", pero de algún modo presentía que todo el planteo estaba errado. Se sentó en el sofá de su madre y pellizcó el borde de un almohadón.

—Mamá, ¿no crees que es mostrarnos tremendamente crueles? —preguntó.

—¡Hijita! —exclamó la señora Sheridan incorporándose y acercándose a ella con el sombrero en las manos. Y antes de que Laura hubiese tenido tiempo de detenerla, ya le había colocado el sombrero en la cabeza—. Toma, hija —anunció—, es tuyo. Te queda perfecto. A mí me hace demasiado joven. Nunca te había visto tan elegante. ¡Mírate al espejo! —agregó, ofreciéndole un espejito de mano.

—Pero, mamá… —insistió Laura. No se podía mirar; se puso de costado.

Pero ya la señora Sheridan había perdido la paciencia igual que, antes, Josephine.

—Laura, te estás volviendo ridícula —dijo secamente—. Gente de esa clase no espera de nosotros ningún sacrificio. Y no es altruismo aguarnos la fiesta, como lo estás haciendo.

—No entiendo —dijo Laura, y salió apresurada del cuarto para encerrarse en el suyo. Allí, por pura casualidad, lo primero que vio fue una encantadora muchacha en el espejo, con su sombrero negro adornado de margaritas doradas y una larga cinta de terciopelo negro. Nunca se imaginó que el sombrero podía quedarle tan bien. ¿Tendría razón mamá? Y ahora deseaba que mamá tuviera razón. ¿Sería exagerada? Tal vez fuese una locura. Solo por un momento tuvo la visión de aquella pobre mujer y de aquellas pobres criaturas, y del cuerpo que llevaban a la casa. Pero parecía borroso, irreal, como una fotografía en el periódico. Lo recordaré nuevamente después de la fiesta, decidió. Y de alguna manera, ese le pareció el mejor plan…

Terminaron de almorzar a la una y media. A las dos y media todo se hallaba listo para la refriega. Los músicos con casacas verdes ya estaban colocados en una esquina de la cancha de tenis.

—¡Querida! —aulló Kitty Maitland—, ¿no te parecen ranas verdes? Los debían haber colocado alrededor del estanque y el director, en una hoja, en el centro.

Llegó Laurie y los saludó al pasar para ir a vestirse. Al verlo, Laura volvió a pensar en el accidente. Quería contárselo a él. Si Laurie estaba de acuerdo con los demás, entonces tendrían razón. Y lo siguió al pasillo.

—¡Laurie!

—¡Hola! —estaba en la mitad de la escalera, pero cuando se volvió y vio a Laura, resopló y abrió aún más los ojos—. ¡Lo juro, Laura! Te ves despampanante. ¡Qué sombrero más elegante!

Laura dijo en voz baja:

—¿Te parece?… —le sonrió, y no le contó nada.

Poco después empezó a llegar la gente a raudales. La orquesta comenzó a tocar; los sirvientes de alquiler corrían de la casa a la carpa. Para donde uno mirara se veían parejas paseándose, inclinándose sobre las flores, saludando, caminando por el césped. Parecían brillantes pájaros deteniéndose en el jardín de los Sheridan para descansar de su vuelo. ¡Ah, qué felicidad es estar con personas alegres, estrechar manos, oprimir mejillas, sonreír mirándose a los ojos!

—¡Laura, querida, qué bien estás!

—¡Qué bien te queda ese sombrero, niña!

—Laura, pareces española. Nunca te he visto más hermosa.

Y Laura, radiante, preguntaba dulcemente: "¿Le han servido té? ¿No quiere un helado? Los helados de fruta son especiales". Corrió hacia donde estaba su padre y le rogó:

—Papito querido, ¿le podemos servir algo de beber a la orquesta?

Y la tarde perfecta terminó lentamente, se desvaneció suave, cerró sus pétalos con serenidad.

"La fiesta más encantadora…". "Un gran éxito…". "La más fabulosa fiesta de jardín a la que hayamos ido en los últimos tiempos…".

Laura ayudó a su madre a despedirse. Estuvieron una junto a la otra hasta que todo finalizó.

—Se terminó, se terminó, gracias al cielo —dijo la señora Sheridan—. Llama al resto. Tomemos un café. Estoy deshecha. Sí, ha sido un éxito. Pero, ¡oh, estas fiestas, estas fiestas! ¿Por qué insisten, hijitas, en organizar fiestas?—. Se sentaron en la carpa abandonada.

—Toma un sándwich, papi. Yo escribí los carteles con los nombres.

—Gracias —el señor Sheridan se lo comió de un solo bocado. Tomó otro—. ¿Supongo que no se enteraron del espantoso accidente de hoy? —dijo.

—Querido —dijo la señora Sheridan, al tiempo que levantaba una mano—, nos enteramos, sí. Casi nos arruina la fiesta. Laura quería suspenderla.

—¡Oh, mamá! —protestó Laura, que no deseaba que hicieran bromas sobre aquel incidente.

—En cualquier caso, ha sido algo horripilante —prosiguió el señor Sheridan—. El pobre hombre estaba casado. Vivía ahí abajo en el callejón, y, según he oído contar, deja mujer y media docena de niños.

Por unos momentos se produjo un extraño silencio. La señora Sheridan tamborileó con los dedos en su taza. Ciertamente su marido estaba mostrando muy poco tino…

De golpe levantó la cabeza. En la mesa quedaban muchísimos emparedados, pasteles, masas, nadie los había tocado, y se echarían a perder. Había tenido una de sus brillantes ideas.

—Ya sé —dijo—. Llenemos una canasta y mandémosle a esa pobre criatura un poco de comida que es absolutamente excelente. Para los niños será un manjar apetitoso. ¿No creen? Además seguramente tendrá vecinos que irán a darle el pésame y todas esas cosas. Es muy conveniente que ya lo tengamos todo preparado. ¡Laura! —llamó, levantándose de un brinco—. Tráeme la canasta grande que está en el armario de las escaleras.

—Pero, mamá, ¿de verdad te parece una buena idea? —dijo Laura.

Y nuevamente, ¡qué extraño! parecía sentir distinto a los demás. Llevar sobras de la fiesta. ¿Le gustaría eso a la pobre mujer?

—Claro, ¿qué te pasa hoy? Hace un par de horas insistías en mostrar simpatía, y ahora…

—¡Oh, bueno!

Laura volvió corriendo con la canasta. La llenaron; la señora Sheridan la dejó colmada.

—Llévala tú misma, queridita; corre, así como estás. No, espera, lleva unos lirios. A esa gente le gustan los lirios.

—Los tallos van a arruinarte el vestido —dijo la práctica Josephine.

Era verdad, menos mal que se lo dijo.

—Entonces solo la canasta. Pero, Laura —la madre la siguió hasta afuera de la carpa—, que no se te ocurra...

—¿Qué, mamá?

No, mejor no poner esas ideas en la cabeza de la joven.

—Nada, vete pronto.

Empezaba a oscurecer y Laura cerró las puertas de la reja del jardín. Un perro enorme pasó corriendo como una exhalación. El camino tenía un brillo blanquecino, y en el fondo de la hondonada las casitas quedaban envueltas por las sombras. Qué calmo parecía todo después de aquella tarde. Bajaba esa lomada yendo a un hogar en el que había un hombre muerto, pero no terminaba de hacerse a la idea. ¿Por qué le costaba tanto? Se detuvo un instante. Y le pareció que todos los besos, las voces, el tintineo de las cucharillas, las risas, el aroma del césped pisoteado, vibraban aún en su interior. No le entraba nada más. ¡Qué extraño! Miró el pálido cielo y lo único en lo que pudo pensar fue: "Sí, la fiesta ha sido un gran éxito".

Había llegado al cruce de los caminos. Allí comenzaba el callejón oscuro, lleno de humo. Mujeres envueltas en chales, usando gorras de hombre, iban de un lado a otro. Los hombres estaban apoyados en las cercas. Algunos niños jugaban en los umbrales de las casuchas. Un leve zumbido se elevaba de todas aquellas míseras casas. En algunas se veía un destello de luz, y una sombra, como un cangrejo, moviéndose de un lado a otro de la ventana. Laura bajó la cabeza y apretó el paso. Ahora deseaba tener puesto el abrigo. ¡Qué llamativo resultaba su vestido! Y el gran sombrero con la cinta de terciopelo. ¡Si tan sólo hubiese llevado otro sombrero! ¿La estaban mirando? Claro. Ir había sido un error; desde el primer momento le había parecido un error ir. ¿Iba a volverse ahora?

No, ya demasiado tarde. Aquí estaba la casa. Debía ser esa. Delante había un grupo oscuro de gente. Al lado de la puerta una vieja con una muleta estaba sentada, mirando. Descansaba los pies sobre un diario. Cuando se acercó Laura, dejaron de hablar. Se abrió el grupo. Era como si la esperaran, como si supieran que iba hacia allí.

Laura estaba muy nerviosa. Mientras corría la cinta de terciopelo sobre el hombro le preguntó a una de las mujeres que estaban allí:

—¿Es esta la casa de la señora Scott?

Y la mujer, sonriendo de un modo curioso dijo:

—Es aquí, señorita.

¡Oh, si pudiera huir de todo esto! Repetía: "Ayúdame, Dios mío", mientras subía la estrecha vereda y llamaba. No poder estar oculta a esas miradas o cubierta con alguno de esos chales. Dejaré la cesta y me marcharé, decidió. No voy a esperar que la vacíen.

Se abrió la puerta. Una pequeña mujer de luto apareció en la sombra.

Laura preguntó:

—¿Es usted la señora Scott?

Pero, para su espanto, la mujer contestó:

—Entre, por favor —y cerró la puerta, dejándola encerrada en aquel pasillo.

—No —contestó Laura—. No pensaba entrar. Sólo quería dejarles esta canasta. Me envía mi madre...

La pequeña en el oscuro corredor pareció no haberla oído.

—Por favor, venga por aquí, señorita —dijo con voz pegajosa, y Laura la siguió.

De pronto se encontró en una mísera cocina, de techo bajo, iluminada por una lámpara ahumada. Junto al fuego estaba sentada una mujer.

—Emilia —dijo la criatura que la había hecho pasar—. ¡Emilia! Es una señorita —y se volvió hacia Laura, comunicándole con humildad—: Yo soy su hermana, señorita. Tiene que disculparla, ¿comprende?

—Oh, claro, por supuesto —dijo Laura—. Por favor, por favor, no la moleste. Sólo..., sólo quería dejar...

Pero en aquel instante la mujer sentada junto al fuego se dio media vuelta. Su rostro hinchado, enrojecido, con los ojos y labios inflamados, tenía un aspecto horrendo. Parecía no entender qué estaba haciendo Laura ahí. ¿Qué significaba eso? ¿Qué hacía aquella extraña en la cocina con una canasta? ¿Qué era todo aquello? Y el lamentable rostro volvió a sumirse en sí mismo.

—Bueno, mujer —dijo la hermana—, le daré yo las gracias a la señorita.

Y volvió a empezar:

—Tiene que perdonarla, señorita, comprende, ¿verdad? —y su rostro, también hinchado, intentó esbozar una untuosa sonrisa.

Laura solo quería irse de allí, huir. Nuevamente estaban en el pasillo. Se abrió una puerta y entró directamente en el cuarto en donde yacía el muerto.

—Querrá verlo, ¿verdad? —dijo la hermana de Emilia, y pasó rozando junto a Laura y se acercó a la cama—. No tenga miedo, joven —su voz se había vuelto cariñosa, y retiró suavemente la sábana—, ha quedado como un cuadro. No se le nota nada. Acérquese, linda.

Laura se acercó.

Ahí estaba un joven dormido, profundamente dormido, tan dormido que estaba lejos, muy lejos de las dos. ¡Oh, tan remoto, tan lleno de paz! Estaba soñando. No se despertaría nunca. Tenía la cabeza hundida en la almohada; los ojos cerrados estaban ciegos bajo los párpados cerrados. Estaba absorto en su sueño. ¿Qué le importaban las fiestas en los jardines, las canastas y los encajes? Ya estaba lejos de esas cosas. Era asombroso, hermosísimo. Mientras ellos reían y la orquesta tocaba, había sucedido ese milagro en la callejuela. Feliz… feliz… Todo está bien, decía el rostro dormido. Es lo que debe ser. Estoy contento.

Pero aun daba ganas de llorar, y Laura no pudo dejar el cuarto sin decirle algo. Sollozó como una niña.

—Disculpe mi sombrero —le dijo.

Y no esperó ya a la hermana de Emilia. Encontró el camino de salida. Pasó por entre el grupo oscuro de gente, vereda abajo. Al doblar la callejuela encontró a Laurie.

Emergió dese la sombra.

—¿Eres tú, Laura?

—Sí.

—Mamá estaba preocupada. ¿Salió todo bien?

—¡Sí, Lorenzo! —lo tomó del brazo, se apretó contra él.

—¿Pero no estás llorando, no? —le preguntó el hermano.

Laura movió la cabeza. Estaba llorando.

Lorenzo le pasó un brazo por el cuello:

—No llores —dijo con su voz afectuosa y cálida—. ¿Fue algo espantoso?

—No —sollozó Laura—. Fue maravilloso. Pero Lorenzo...

Se detuvo, miró a su hermano.

—La vida es... —tartamudeó—. La vida es...

No podía explicar qué era la vida. No importaba. Él entendió.

—Lo es, querida —dijo Lorenzo.

Las hijas del difunto coronel

I

La semana que siguió fue una de las más ajetreadas que vivirían. Aun cuando se acostaban, lo único que estaba echado y descansaba eran sus cuerpos; porque sus mentes continuaban pensando, buscando soluciones, hablando de las cosas, preguntándose, tomando decisiones, procurando recordar dónde...

Constantia permanecía rígida como una estatua, con las manos estiradas junto al cuerpo, los pies apenas cruzados y la sábana hasta la barbilla. Miraba al techo.

—¿Crees que a papá le molestaría si diésemos su sombrero de copa al portero?

—¿Al portero? —exclamó Josephine—. ¿Y por qué se lo daríamos al portero? ¡A veces tienes cada idea...!

—Porque seguramente —respondió lentamente Constantia— debe tener que ir frecuentemente a entierros. Y en..., en el cementerio vi que llevaba un sombrero hongo —se detuvo—. Entonces pensé que estaría muy agradecido si tuviese un sombrero de copa. Por otra parte, tendríamos que hacerle algún regalo. Siempre se portó muy bien con papá.

—¡Por favor! —sollozó Josephine, apoyándose en la almohada para incorporarse y mirar hacia Constantia en la oscuridad—. ¡Piensa en la cabeza que tenía papá!

Y, curiosamente, durante un espantoso instante, sintió que iba a explotar en una carcajada. Aunque, por supuesto, no tenía las menores ganas de reír. Debió haber sido la costumbre. En otros tiempos, cuando se pasaban la noche despiertas charlando, sus camas no cesaban de crujir bajo sus risas. Y ahora, al imaginarse la cabeza del portero tragada, como por embrujo, por el sombrero de copa de su padre, como una vela apagada de un soplido... Las ganas de reír aumentaban, le subían por el pecho; apretó con fuerza las manos; luchó por vencerlas; frunció severamente el ceño en la oscuridad y se dijo con voz terriblemente áspera: "Recuerda".

—Podríamos decidirlo mañana —agregó, hablándole a su hermana.

Constantia no había notado nada y lo único que hizo fue respirar.

—¿Te parece que también deberíamos hacer teñir las batas?

—¿De negro? —lanzó Josephine casi con un aullido.

—¿De qué si no? —siguió Constantia—. Porque…, de alguna forma, me parece que no termina siendo muy honesto llevar luto cuando salimos a la calle pero luego, en casa…

—Pero si nadie nos está mirando —contestó Josephine. Y estrujó con tanta fuerza las mantas que sus pies quedaron al descubierto. Tuvo que subirse más en las almohadas para que le volviesen a quedar tapados.

—Kate nos ve —dijo Constantia—. Y el cartero también podría vernos.

Josephine pensó en sus zapatillas color rojo oscuro, que hacían juego con su bata, y en el verde extraño de las de Constantia, también a tono con su bata. ¡Teñidas de luto! Dos batas negras y dos pares de mullidas zapatillas de luto, arrastrándose hacia el baño como cuatro gatos negros.

—No creo que sea indispensable—dijo.

Hubo un silencio. Después Constantia señaló:

—Debemos enviar mañana por correo los periódicos con la esquela para que puedan salir en la primera recogida hacia Ceilán… ¿Cuántas cartas llevamos recibidas?

—Veintitrés.

Josephine las había contestado una por una, y veintitrés veces, al llegar a "extrañamos a nuestro querido padre", no había podido contenerse y había tenido que utilizar el pañuelo y, en algunas, incluso había tenido que enjugar una lágrima de un azul muy pálido con la puntita del papel secante. ¡Qué extraño! Todavía no había logrado acostumbrarse…, pero veintitrés veces… Ahora mismo, por ejemplo, cuando se repetía tristemente "extrañamos a nuestro querido padre", de haberlo querido se hubiese puesto a llorar.

—¿Tienes sellos suficientes? —preguntó Constantia.

—¿Y cómo quieres que lo sepa? —dijo Josephine, enojada—. ¿Para qué me preguntas ahora eso?

—Solo fue algo que se me ocurrió, nada más —contestó Constantia conciliadora.

Se produjo otro silencio. Luego se oyó una ligera carrerita, un roce, y un salto.

—Un ratón —sentenció Constantia.

—No puede ser un ratón porque no ha quedado ninguna miga —corrigió Josephine.

—No, pero eso el ratón no lo sabe —dijo Constantia.

Sintió que un espasmo de compasión le contraía el corazón. ¡Pobrecito animal! Ojalá tuviese un pedacito de galleta en el tocador. Era horrible pensar que el animalito no iba a encontrar nada de nada. ¿Qué iba a ser de él?

—No entiendo de qué viven —dijo lentamente.

—¿Quién? —preguntó Josephine.

Y Constantia contestó en voz más alta de lo que hubiese querido:

—Los ratones.

Josephine estaba furiosa.

—¡Oh, basta de decir tonterías, Con! ¿Qué tienen que ver los ratones con todo esto? Te estás quedando dormida.

—No lo creo —contestó Constantia. Y cerró los ojos para asegurarse. Se había dormido.

Josephine arqueó la espalda, plegó las rodillas y también los brazos, como para que los puños le quedasen bajo las orejas, mientras apretaba con fuerza la mejilla sobre la almohada.

II

Otra cosa que complicaba las cosas era que la enfermera Andrews, iba a quedarse con ellas aquella semana. La culpa era por completo suya, por habérselo pedido. La idea había sido de Josephine. Por la mañana, aquella última mañana, después de que el doctor se había ido, Josephine le dijo a Constantia:

—¿No te parece que sería amable de nuestra parte invitar a la señora Andrews a que se quede otra semana, como nuestra huésped?

—Estaría muy bien —contestó Constantia.

—Pensaba —continuó Josephine rápidamente— decírselo esta tarde, después de pagarle. Pensaba decirle: "Señora Andrews, mi hermana y yo estaríamos encantadas si, después de todo lo que hizo por nosotras, se quedara otra semana como nuestra invitada". Debo aclararle eso de invitada, no vaya a pensar que...

—¡Oh, no creo que espere que le paguemos! —exclamó Constantia.

—Nunca se sabe —dijo Josephine prudentemente.

La señora Andrews, claro, aceptó de buena gana. Pero la idea había sido mala. Ahora se veían obligadas a sentarse a comer una comida formal, en las horas señaladas, mientras que, de haber estado solas, le hubieran podido pedir a Kate que les dejase una bandeja en cualquier sitio. Y lo cierto era que las comidas, ahora que lo peor había pasado, eran una verdadera pesadilla.

La enfermera era temeraria para la manteca. Ciertamente, debían reconocer que, por lo menos en lo que a manteca se refiere, se aprovechaba de su amabilidad. Y, además, tenía esa costumbre absolutamente ridícula de pedir un poco más de pan para terminar lo que tenía en el plato, y luego, después de dar el último bocado, se volvía a servir disimuladamente —aunque evidentemente no tenía nada de disimulo—. Cuando pasaba esto, Josephine se ponía colorada y fijaba sus pequeños ojos, diminutos, en el mantel, como si de golpe hubiese notado que algún insecto extraño y mínimo avanzaba entre la tela.

Pero el rostro largo y pálido de Constantia se alargaba y contraía, y miraba a lo lejos —muy lejos—, mucho más allá de aquel desierto por el que la caravana de camellos zigzagueaba como una hebra de lana...

—Cuando estuve en casa de lady Tukes —contaba la señora Andrews—, tenían un recipiente tan lindito para la manteca. Era un Cupido de plata que se sostenía en..., en el borde de una fuentecita de cristal, con un tenedor chiquito. Y cuando alguien quería más manteca no tenía más que apretarle el pie y se agachaba y clavaba un pedacito en el tenedor. Parecía un juego.

Josephine apenas podía soportarlo.

—En mi opinión, esas cosas son una extravagancia —fue lo único que dijo.

—¿Por qué? —preguntó la enfermera, contemplándola tras sus gafas—. Nadie está obligado a tomar más manteca que la que quiere, ¿no les parece?

—Con, llama, por favor —exclamó Josephine. No confiaba en su propia respuesta.

Y la joven y orgullosa Kate, la princesita encantada, entró a ver qué demonios querían ahora aquellos vejestorios. Les retiró descaradamente los platos en los que les había servido no se sabía qué y puso ante ellas una mezcla pastosa y blanquecina.

—La compota, Kate, por favor —dijo Josephine con amabilidad.

Kate se arrodilló, abrió de par en par el armario, levantó la tapa del frasco de la compota, vio que estaba vacío, lo colocó sobre la mesa y volvió a salir.

—Lo siento —dijo la enfermera un momento después—, pero está vacía.

—¡Oh, qué molestia! —dijo Josephine. Y se mordió el labio—. ¿Qué haremos?

Constantia parecía dudar.

—No podemos volver a molestar a Kate —dijo suavemente.

Mientras, la señora Andrews esperó, sonriéndoles a ambas. Sus ojitos no paraban de escudriñar todo detrás de sus gafas. Constantia, nerviosa, volvió a sus camellos. Josephine frunció exageradamente el ceño, concentrándose. Si no hubiese sido por aquella estúpida mujer, Con y ella hubieran comido aquel postre sin compota, por supuesto. De golpe se le ocurrió la solución.

—Ya sé —dijo—. Mermelada. En el armario queda algo de mermelada. Tráela, por favor, Con.

—Ojalá —dijo la señora Andrews riendo con una risita que parecía una cucharilla tintineando en el vaso de un enfermo—, espero que no sea una mermelada muy amarga.

III

Pero, finalmente, ya no faltaba tanto, y una vez que se fuera, se iría para siempre. Y no debían olvidar que verdaderamente había sido muy amable con su padre. Lo había cuidado día y noche hasta el final. Claro que tanto Constantia como Josephine consideraban, en su interior, que había exagerado un poco al no abandonarlo en sus últimos momentos. Cuando entraron a despedirse de él, la señora Andrews se había quedado sentada junto a la cabecera, tomándole el pulso y dejando notar que miraba el reloj. Seguro que eso no era necesario. Y, por otra parte, era una falta de tacto. Supongamos que su padre hubiese deseado decirles algo, algo confidencial. Eso no quiere decir que su padre se hubiese reprimido. ¡Todo lo contrario!

Se había quedado tirado ahí, con el rostro encendido, congestionado, enojado, y no se había dignado a dirigirles la mirada, ni siquiera cuando entraron. Y después, mientras estuvieron allí, sin saber qué hacer, súbitamente había abierto un ojo.

¡Oh, qué distinto, qué distinto sería el recuerdo que tendrían de él, si tan sólo hubiese abierto los dos! Hubiese sido mucho más fácil contárselo a la gente.

Pero no, uno, sólo había abierto un ojo. Un ojo que las miró deslumbrado unos segundos y luego... se apagó.

IV

Para ellas había resultado muy incómodo cuando el reverendo Farolles, de Saint John, fue a verlas aquella misma tarde.

—Ojalá que sus últimas horas hayan sido apacibles —fue lo primero que dijo, mientras parecía deslizarse hacia ellas por entre la oscuridad de la sala de estar.

—Lo fueron —respondió Josephine débilmente. Y ambas bajaron la vista.

Estaban seguras de que aquella última mirada de un solo ojo no había sido nada apacible.

—¿No se quiere sentar? —preguntó Josephine.

—Gracias, señorita Pinner —dijo el reverendo Farolles agradecido. Se recogió los faldones de la levita e hizo el ademán de sentarse en el sillón de su padre, pero cuando ya casi estaba por tocar el asiento se incorporó y se sentó en una silla vecina.

El reverendo Farolles tosió. Josephine se tomó las manos. Constantia parecía distraída.

—Quiero que sepa, señorita Pinner —dijo el eclesiástico—, y usted también, señorita Constantia, que quiero ayudarlas. Quiero asistirlas a ambas, si ustedes me lo permiten. Estos son los momentos —agregó el reverendo Farolles, con sencillez y honestidad— en los que Dios desea que nos auxiliemos los unos a los otros.

—Se lo agradecemos mucho, reverendo —contestaron Josephine y Constantia.

—No hay por qué —dijo el eclesiástico cándidamente. Metió los dedos en sus guantes de cabritilla y se inclinó hacia adelante—. Y si desean recibir la comunión, una de las dos, o las dos, ahora, aquí mismo, no tienen más que decírmelo. Muchas veces la comunión es una gran ayuda…, un gran consuelo —agregó con amabilidad.

Pero la idea de comulgar allí mismo las llenó de terror. ¿Cómo iban a comulgar? ¿Allí mismo, en la sala de estar, solas, sin altar ni nada? El piano era demasiado alto, consideró Constantia, y el reverendo Farolles no se hubiera podido inclinar sobre él con el cáliz… Y seguramente Kate entraría de mala manera interrumpiéndolos, pensó Josephine. ¿Y si tocaban la puerta en medio de la ceremonia? Podía tratarse de alguien importante…, de algo sobre el luto. ¿Iban a levantarse haciendo reverencias y salir, o se verían forzadas a aguardar…, sufriendo?

—Si no pueden avisarme a través de Kate, si les parece mejor comulgar en otro momento —dijo el reverendo Farolles.

—¡Oh, sí, muchas gracias! —respondieron ellas al mismo tiempo.

El reverendo Farolles se levantó y tomó su sombrero negro, de paja, que estaba sobre la mesita redonda.

—En cuanto al entierro —agregó con suavidad—, si quieren yo me encargaré de todo, como amigo que era de su padre y suyo, señorita Pinner..., y señorita Constantia…

Josephine y Constantia también se habían puesto de pie.

—Quisiera que sea algo muy sencillo —dijo Josephine decidida—. Y no demasiado caro. Aunque al mismo tiempo, me gustaría que fuese… "Bueno y que dure mucho tiempo", pensó Constantia somnolienta, como si Josephine estuviese comprando un camisón. Pero naturalmente Josephine no dijo nada por el estilo.

—… adecuado a la posición de mi padre —concluyó. Estaba muy nerviosa.

—Pasaré a ver a nuestro buen amigo el señor Knight —dijo, tranquilizador, el reverendo Farolles—. Le diré que venga a verlas. Estoy seguro de que podrá ayudarlas.

V

Bueno, por lo menos se habían terminado esas formalidades, aunque ninguna de las dos podía creer que su padre no fuese a regresar nunca. Josephine había experimentado unos instantes de pánico total, en el cementerio, mientras bajaban el ataúd, pensando que ella y Constantia habían hecho aquello sin consultarlo con su padre. ¿Qué iba a decir él cuando todo se descubriese?

Porque seguro terminaría por descubrir lo que habían hecho. Siempre las descubría.

"Enterrado. ¡Ustedes me han enterrado!". Creía poder oír los golpecitos de su bastón. Oh, ¿qué le iban a decir? ¿Qué excusa podían encontrar? Parecía un acto tan terriblemente despiadado. Aprovecharse arteramente de una persona que en aquellos momentos se encontraba imposibilitada. Aunque la otra gente parecía considerarlo un acto perfectamente natural. Pero eran ajenos; no podía esperar que comprendiesen que su padre era la última persona a quien podía ocurrirle una cosa semejante. No, estaba convencida que toda la culpa caería sobre ella y sobre Constantia. Y además los gastos, pensó, subiendo en el coche de confortables asientos. ¡Cuando tuviese que enseñarle las facturas! ¿Qué iba a decir su padre?

Le oyó gritar, hecho un basilisco: "¿Y ustedes creen que yo voy a pagarles su fiesta?".

—¡Oh! —sollozó la pobre Josephine en voz alta—. ¡No tendríamos que haberlo hecho, Con!

Y Constantia, pálida como un limón en todo aquel luto, preguntó con voz asustada:

—¿Hacer qué?

—Dejar que en…, que entierren a papá así —dijo Josephine, dejándose llevar por la desesperación y secándose las lágrimas con el pañuelo nuevo, de luto, que tenía un olor extraño.

—¿Qué querías que hiciéramos? —preguntó Constantia sorprendida—. No podíamos tenerlo en casa, Jug…, no íbamos a dejarlo sin enterrar. Desde luego no en un departamento como el nuestro.

Josephine se sonó la nariz: ese coche era horriblemente asfixiante.

—No sé —dijo desolada—. Es todo es tan horrible. Tengo la impresión de que tendríamos que haberlo intentado, aunque sólo hubiera sido durante un tiempo. Para estar completamente seguras. Solo estoy segura de algo —dijo, mientras de nuevo le manaban las lágrimas—: papá jamás nos perdonará lo que hemos hecho, ¡jamás!

VI

Su padre no las perdonaría nunca. Sintieron eso con mayor fuerza aún después de dos días cuando, una mañana, entraron en su dormitorio para hacer un inventario de sus cosas. Lo habían estado discutiendo con bastante tranquilidad.

Incluso estaba anotado en la lista de cosas por hacer de Josephine. Analizar todas las cosas de papá y tomar alguna decisión sobre ellas. Pero eso era muy distinto a decir, tras el desayuno:

—¿Y, Con, estás lista?

—Sí, Jug. Cuando tú quieras.

—Bien, entonces lo mejor será que lo hagamos cuanto antes.

El vestíbulo estaba oscuro. Durante años había sido una norma inflexible no molestar a su padre por las mañanas, pasara lo que pasara. Y ahora iban a abrir la puerta sin ni siquiera llamar… Los ojos de Constantia se abrieron desmesuradamente ante esa idea, y a Josephine le temblaban las rodillas.

—Tú…, entra tú primero —murmuró, empujando a Constantia.

Pero Constantia respondió, como acostumbraba a hacer esas ocasiones:

—No, Jug; sería injusto. Tú eres la mayor.

Josephine estaba a punto de decir lo que sería su último recurso —y que en otras circunstancias no hubiera dicho por nada del mundo—: "pero tú eres la más alta", cuando notaron que la puerta de la cocina estaba abierta, y Kate las miraba desde allí…

—Está muy duro —dijo Josephine tomando el picaporte de la puerta y haciendo todo lo posible por abrirla. ¡Como si eso pudiese engañar a Kate!

No había nada que hacer. Aquella muchacha era… Luego la puerta se cerró tras ellas, pero…, pero eso no se parecía en nada al dormitorio de su padre. Era como si de repente hubiesen atravesado las paredes y se encontraran por error en un departamento absolutamente distinto. ¿Todavía estaba la puerta a sus espaldas? Estaban demasiado asustadas para mirar. Josephine sabía que, si seguía allí, iba a mantenerse indeleblemente cerrada; Constantia, por su parte, tenía la impresión que, como las puertas de los sueños, esta era una puerta sin picaporte de ningún tipo. Lo que hacía tan terrible esa situación era el frío. O la blancura… ¿cuál de las dos cosas?

Todo estaba tapado. Las persianas estaban bajas; una tela tapaba el espejo, una sábana cubría la cama; un gran abanico de papel blanco tapaba la chimenea.

Constantia estiró una mano, con timidez; casi esperaba que le fuese a caer un copo de nieve. Josephine notó un extraño cosquilleo en la nariz, como si se le estuviese congelando. Y entonces pasó un coche traqueteando por la calle adoquinada y fue como si aquella tranquilidad se rompiera en mil pedazos.

—Me parece que lo mejor será que suba una persiana —dijo resueltamente Josephine.

—Sí, me parece bien —murmuró Constantia.

Solo le dieron un corto tirón a la correa de la persiana pero salió disparada y la correa se enredó tras ella enrollándose arriba.

Esto fue demasiado para Constantia.

—¿No te parece…, no te parece que sería mejor dejarlo para otro día? —susurró.

—¿Por qué? —exclamó Josephine, que, como siempre, se sentía mucho mejor ahora que sabía que su hermana estaba aterrorizada—. Algún día tendremos que hacerlo. Preferiría que no hablaras en voz tan baja, Con.

—No me di cuenta de que estaba hablando bajo —murmuró Constantia.

—¿Y por qué no dejas de contemplar la cama? —interrogó Josephine, alzando su voz casi como si la estuviera desafiando—. No hay nada en la cama.

—¡Oh, por favor, no digas eso, Jug! —dijo la pobre Connie—. O, por lo menos, no lo digas en voz tan alta.

Josephine también consideró que había sido demasiado. Giró decidida hacia una cómoda con cajones y estiró su mano, pero la retiró rápidamente.

—¡Connie! —dijo casi gimiendo, y dándose media vuelta se reclinó con la espalda contra la cómoda.

—¡Oh, Jug! ¿Qué sucede?

Sin embargo Josephine tenía los ojos exageradamente abiertos y no decía nada. Tenía la fabulosa sensación de que acababa de escapar de algo terrible. Pero ¿cómo podría explicarle a Constantia que su padre estaba en la cómoda con los cajones? Estaba en el cajón superior, con los pañuelos y las corbatas, o tal vez estuviese agazapado en el siguiente, entre sus camisas y pijamas, o en el cajón inferior, con los trajes. Las espiaba desde allí, escondido —exactamente tras el tirador del cajón—, dispuesto a saltar.

Dirigió una mueca antigua y graciosa a su hermana, como acostumbraba a hacer en otros tiempos cuando estaba a punto de llorar.

—No puedo abrir —dijo casi sollozando.

—No, no abras, Jug —susurró Constantia calmándola—. Es mucho mejor que no la abras. No abramos nada. Dejemos que pase algún tiempo.

—Pero..., pero me parece de una cobardía tan grande —dijo Josephine angustiada.

—¿Por qué no podemos ser cobardes una vez en la vida, Jug? —argumentó Constantia, murmurando con bastante vehemencia—. Asumiendo que sea una cobardía —agregó dirigiendo su mirada al escritorio cerrado con llave, tan seguro, al armario enorme y deslumbrante, y empezando a respirar de un modo extraño, jadeante—. ¿Por qué no podemos ser cobardes por una vez en la vida, Jug? Me parece entendible. Seamos cobardes, débiles, Jug. Es mucho más agradable ser débil que ser fuerte.

Y entonces procedió a hacer una de aquellas cosas sorprendentemente osadas que había ejecutado quizá dos veces más en su vida: se dirigió directamente al armario, dio vuelta a la llave y la sacó de la cerradura.

La sacó y se la dio a Josephine, revelando a su hermana con su extraordinaria sonrisa que sabía perfectamente lo que acababa de hacer: deliberadamente había asumido el riesgo de que su padre se encontrase allí, entre los abrigos.

Si el gigantesco armario se hubiese inclinado hacia adelante, aplastando a Constantia, a Josephine no le hubiese sorprendido. Por el contrario, habría pensado que era el resultado más esperable después de su acción. Pero no sucedió nada de eso. Solamente la habitación pareció aún más silenciosa que de costumbre, y unos copos más grandes de aire frío se posaron en los hombros y rodillas de Josephine, que se puso a tiritar.

—Vamos, Jug —dijo Constantia, todavía con aquella espantosa sonrisa rígida, y Josephine la siguió igual que había hecho en aquella otra oportunidad: cuando Constantia había empujado a Benny, y lo había tirado al estanque.

VII

. Habían estado bajo mucha tensión y eso se hizo más notorio cuando volvieron al comedor. Todavía temblando, se sentaron y se miraron.

—Creo que no voy a poder hacer nada —dijo Josephine— hasta que no haya tomado algo. ¿Te parece bien que le pidamos dos tazas de agua caliente a Kate?

—No veo nada malo en ello —dijo Constantia criteriosamente. Parecía normal de nuevo—. No la llamaré. Se las voy a pedir a la puerta de la cocina.

—Sí, bien —la animó Josephine, poniéndose cómoda en un sillón—. Pídele sólo las dos tazas de agua, Con, nada más. En una bandeja.

—No es necesario que ponga la jarra, ¿no? —dijo Constantia, como si Kate pudiese protestar por tener que poner también la jarra.

—¡No, no, no hace falta! La jarra no es necesaria. Puede echar el agua directamente de la pava—dijo Josephine, creyendo que de esa manera le ahorraba un gran esfuerzo.

Sus labios fríos tiritaban en los bordes verdosos. Josephine curvó sus manos pequeñas, rojizas, alrededor de toda la taza; Constantia se sentó erguida y sopló haciendo que el vapor oscilara de un lado a otro.

—Hablando de Benny —dijo Josephine.

Y aunque su nombre no había sido mencionado, Constantia inmediatamente levantó la mirada como si hubiesen estado hablando de él.

—Por supuesto que esperará que le mandemos algo de papá. Pero es tan difícil saber qué mandar a Ceilán.

—¿Te refieres a las cosas que pueden deteriorarse durante el viaje? —murmuró Constantia.

—No, deteriorarse no —respondió Josephine agudamente—. Ya sabes que el correo no existe. No hay más que mensajeros.

Ambas callaron imaginándose a un negro vestido con calzones blancos corriendo por pálidas campiñas como si en ello le fuera la vida, con un gran paquete envuelto en papel marrón en las manos. El negro de Josephine era pequeñito; y corría a toda prisa brillando como una hormiga. Pero el individuo alto y flaco que había imaginado Constantia tenía un algo obcecado e incansable que lo volvía, según decidió ella, en una persona extremadamente desagradable... En la terraza, completamente vestido de blanco y tocado con un salakof, se hallaba Benny. Su mano derecha temblaba arriba y abajo como le sucedía a su padre cuando estaba impaciente. Y tras él, sin demostrar el menor interés, se hallaba Hilda, la cuñada desconocida. Se balanceaba en una mecedora de bambú mientras hojeaba distraídamente las páginas del *Tatler*.

—Me parece que el reloj sería el recuerdo más adecuado —dijo Josephine.

Constantia levantó la mirada; parecía asombrada.

—¡Oh! ¿Serías capaz de encomendar un reloj de oro a un nativo?

—Intentaría disimularlo de alguna manera —dijo Josephine—. Nadie notaría que es un reloj —le encantaba la idea de hacer un paquete con una forma tan extraña que nadie pudiese adivinar qué contenía. Por un instante incluso pensó en esconderlo dentro de una cajita de cartón perteneciente a un corsé y que había guardado durante muchos años, esperando que sirviese para algo. Era una caja maravillosa, y firme.

Aunque, pensándolo bien, no, no era muy apropiada para esa oportunidad. En su exterior podía leerse: "Talla mediana señora, 28. Ballenas extrafuertes". Hubiese sido demasiado sorprendente para Benny abrir esa caja y encontrarse con el reloj de su padre.

—Por otra parte, dudo mucho que funcione, que tenga cuerda, quiero decir —dijo Constantia, que todavía estaba pensando en lo mucho que les gustaban a los nativos las joyas—. Me sorprendería mucho —añadió— que siguiera andando después de tanto tiempo.

VIII

Josephine no contestó. Tal como le sucedía a veces, su mente se había ido por las ramas. De golpe se había puesto a pensar en Cyril. ¿No hubiese sido más normal que el reloj terminase en manos de su único nieto? Por otro lado, el maravilloso muchacho apreciaba tanto ese tipo de cosas, y un reloj de oro tenía tanto valor para un joven. Benny, seguramente, ya habría perdido la costumbre de llevar reloj; en climas tan calurosos los hombres rara vez llevan chaleco. En cambio Cyril, en Londres, llevaba chaleco todo el año. Y para ella y para Constantia sería tan agradable saber que tenía el reloj cada vez que fuera a tomar el té con ellas. "Ya veo que llevas el reloj del abuelo, Cyril". Sí, esa podía ser una solución más satisfactoria.

¡Espléndido muchacho! ¡Qué golpe tan duro había sido para ellas su amable nota de condolencia! Por supuesto que lo comprendían; pero había sido una verdadera pena.

—Hubiera sido perfecto si él hubiese podido venir —dijo Josephine.

—Y lo hubiese pasado tan bien —añadió Constantia sin pensar en lo que decía.

En cualquier caso, en cuanto regresara iba a ir a tomar el té con sus tías. Cuando Cyril iba a tomar el té se permitían uno de sus infrecuentes derroches.

—Vamos, Cyril, no pongas excusas a nuestros pastelillos. Tu tía Con y yo los hemos comprado esta mañana en Buszard's. Sabemos bien cómo es el apetito de los hombres. Así que no tengas vergüenza y come todos los que quieras. Josephine cortó despreocupadamente una porción del espléndido pastel de color oscuro que significaba que ella se quedaría sin guantes de invierno, o que los únicos zapatos presentables de Constantia iban a quedarse sin medias suelas y tacones nuevos.

Pero Cyril parecía tener un apetito muy poco varonil.

—Por Dios, tía Josephine, ya no puedo más. Ya sabes, acabo de comer ahora mismo.

—¡Oh, Cyril, no puede ser cierto! Si son más de las cuatro —exclamó Josephine.

Constantia permanecía sentada con el cuchillo en el aire, sobre el rollo de chocolate.

—Pues lo es —replicó Cyril—. Tenía que encontrarme con un señor en la estación Victoria y me ha tenido esperando hasta qué sé yo qué hora... Sólo me ha dado tiempo de comer y venir hacia aquí. Y además, ¡uf! —añadió Cyril llevándose las manos a la cabeza—, me ha convidado con un verdadero banquete.

Qué desilusión, justamente aquel día. Claro que el pobre no tenía manera de saberlo.

—¿Por lo menos comerás un merengue, no, Cyril? —dijo tía Josephine—. Los hemos comprado especialmente para ti. A tu querido padre lo enloquecían los merengues. Y estamos seguras que a ti también.

—Claro que me gustan, tía Josephine —dijo Cyril con energía—. ¿Les molestaría si para empezar como solo medio?

—¿Cómo nos va a molestar, hijo?; pero no dejaremos que te escapes sin comer más.

—¿Le siguen gustando tanto los merengues a tu querido padre? —preguntó amablemente tía Con. Y parpadeó levemente mientras mordía la corteza del suyo.

—No estoy muy seguro, sinceramente, tía Con —dijo Cyril sin prestarle atención.

En al acto, ambas levantaron la mirada.

—¿No estás seguro? —dijo casi gritando Josephine—. ¿Cómo puedes ignorar algo tan importante para tu padre, Cyril?

—¿Cómo es posible? —repitió tía Con amablemente. Cyril procuró reír y dijo:

—La verdad es que, bueno, hace ya tanto tiempo que... —dudó y guardó silencio. El gesto de sus tías le resultó casi insoportable.

—Aun así —dijo Josephine.

Y tía Con continuó mirándole.

Cyril posó su taza.

—Espera un momento —exclamó—. Espera un momento, tía Josephine. ¿En qué estaba pensando?

Levantó la mirada.

El rostro de ambas empezaba a brillar. Cyril se dio una palmada en la rodilla.

—Naturalmente —dijo—, eran merengues. No sé cómo lo había podido olvidar. Sí, tía Josephine, tienes toda la razón. Papá continúa adorando los merengues.

No sólo estaban radiantes. Tía Josephine se ruborizó de placer; y tía Con dio un suspiro hondo, profundísimo.

—Y ahora, Cyril, tienes que pasar a ver al abuelo —dijo Josephine—. Sabe que ibas a venir hoy.

—Vamos —dijo Cyril, muy firme y decidido. Se levantó de la silla y de pronto echó un vistazo al reloj.

—Dios mío, tía Con, ¿seguro que no tienen el reloj algo atrasado? Tengo que encontrarme con un señor en..., en Paddington a las cinco y algo. Me temo que no voy a poder estar mucho tiempo con el abuelo.

—No te preocupes, él no espera que estés mucho tiempo —dijo tía Josephine.

Constantia todavía estaba mirando el reloj. No podía decidir si adelantaba o atrasaba. Era lo uno o lo otro, de eso estaba segura. Por lo menos así lo había sido durante muchos años.

Cyril se retrasó un momento.

—¿No nos acompañas, tía Con?

—Claro —dijo Josephine—, vamos a verlo todos. Vamos, Con.

IX

Tocaron la puerta y Cyril siguió a sus tías dentro de la habitación calurosa y sudorosa del abuelo.

—Acércate —dijo el abuelo Pinner—. No se queden ahí parados. ¿Qué sucede? ¿Qué diablos estuvieron tramando?

Estaba sentado frente al hogar en el que ardía un fuego crepitante, agarrado a su bastón. Una gruesa manta le cubría las piernas. Sobre el regazo tenía un hermoso pañuelo de seda de un amarillo pálido.

—Padre, es Cyril —dijo Josephine con timidez. Y tomó a su sobrino de la mano llevándolo hacia el abuelo.

—Buenas tardes, abuelo —dijo Cyril intentando deshacer su mano de la de tía Josephine.

El abuelo Pinner clavó la mirada en Cyril entrecerrando sus ojos en ese gesto por el que era famoso.

¿Dónde estaba la tía Con? Estaba del otro lado de tía Josephine; con los brazos estirados a lo largo de su cuerpo, y las manos entrelazadas. Constantia jamás apartaba la vista del abuelo.

—Bien, bien —dijo el abuelo Pinner, empezando a dar golpecitos con el bastón—, ¿qué me cuentas de nuevo?

¿Qué podía contarle, qué podía decirle a ese anciano? Cyril notó que se sonreía como un perfecto idiota. Además en aquella habitación hacía un calor bochornoso.

Pero tía Josephine fue en su ayuda, exclamando llena de alegría:

—Cyril dice que a su padre todavía le encantan los merengues, papá.

—¿Cómo? —dijo bruscamente el abuelo Pinner, curvando una mano sobre su oreja como si fuese una morada concha de merengue.

Josephine repitió:

—Cyril dice que a su padre todavía le encantan los merengues.

—No te oigo —dijo el anciano coronel Pinner. Y con el bastón hizo un gesto alejando a Josephine y luego señaló a Cyril—. Cuéntame lo que Josephine quiere decir.

"¡Dios mío!".

—¿Se lo cuento? —preguntó Cyril sonrojándose y girando hacia su tía.

—Claro, sobrino —sonrió ella—. Ya verás cómo le gusta saberlo.

—¡Anda, vamos, sácalo! —rugió el coronel ansioso, mientras volvía a golpear el piso con su bastón.

Y Cyril se inclinó hacia adelante y gritó:

—A papá todavía le gustan los merengues.

El abuelo Pinner dio un salto como si hubiese recibido un tiro.

—¡Sin gritar! —exclamó—. ¿Qué demonios le pasa a este muchacho? ¡Merengues! ¿Qué diablos sucede con los merengues?

—Oh, tía Josephine, ¿te parece que debemos decírselo? —sollozó Cyril desesperado.

—No te preocupes, querido —dijo tía Josephine como si se encontraran en el dentista—. Ya verás cómo en breve lo entenderá —y dirigiéndose a su sobrino agregó en un murmullo—: Se está volviendo un poco duro de oído —luego se inclinó hacia adelante y realmente aulló al abuelo—: Cyril quería decirte, papito querido, que a su padre todavía le gustan los merengues.

En esta oportunidad el coronel Pinner escuchó perfectamente, escuchó y en su cara apareció una ancha sonrisa, al tiempo que estudiaba a Cyril con la mirada.

—¡Vaya que es esstraordinario! —exclamó el coronel—. ¡Verdaderamente esstraordinario, haber hecho un viaje tan largo para decirme esto!

Y Cyril tuvo que reconocer que realmente lo era.

—Sí, le mandaré el reloj a Cyril —dijo Josephine.

—Eso sería estupendo —aprobó Constantia—. Me parece recordar que la última vez que estuvo aquí tenía algún problema con la hora.

X

Fueron interrumpidas por la ruidosa entrada de Kate que, como era su costumbre, entró con el paso apurado, como si hubiese descubierto un panel secreto en el muro.

—¿Frito o hervido? —preguntó con voz arrogante.

¿Frito o hervido? Josephine y Constantia se sintieron por un instante sorprendidas. No terminaban de entender.

—¿Qué cosa frita o hervida, Kate? —preguntó Josephine, haciendo un esfuerzo por concentrarse.

Kate respondió dando un salto de disgusto:

—El pescado.

—Bueno, ¿y por qué no lo dijiste inmediatamente? —le reprochó amablemente Josephine—. ¿Cómo esperabas que entendiéramos de qué se trataba, Kate? Hay muchas cosas en este mundo que pueden ser fritas o hervidas —y tras aquella demostración de coraje se dirigió bastante alegremente a Constantia para preguntarle—: ¿Tú, cómo lo prefieres, Con?

—Me parece que podría quedar muy bien frito —dijo esta—. Pero también es cierto que el pescado hervido es muy bueno. Pienso me gusta de las dos maneras… A no ser que tú… En ese caso…

—Lo freiré —dijo Kate, girando vuelta y dejándoles la puerta abierta para pegar después un portazo con la de la cocina.

Josephine miró a Constantia; levantó sus cejas claras hasta que pareció que llegarían a fundirse con su pelo canoso. Se levantó. Y de una manera orgullosa e impresionante le dijo a su hermana:

—¿Te molestaría acompañarme un momento a la salita, Constantia? Debo hablar contigo de algo sumamente importante.

Siempre que querían hablar de Kate se iban a la salita. Josephine cerró la puerta a conciencia:

—Toma asiento, Constantia —dijo, con gran afectación. Era como si recibiese por primera vez en su vida a Constantia. Y Con miró confundida a su alrededor buscando de una silla, como si de verdad se sintiese una extraña.

—Mira, la cuestión es —dijo Josephine acercándose— si debemos seguir con ella o no.

—Sí, esa es la cuestión—confirmó Constantia.

—Y en esta oportunidad —continuó Josephine determinada—, debemos arribar a una solución definitiva.

Por un instante dio la sensación de que Constantia iba a ponerse a repasar todas las otras veces en las que habían hablado del tema, pero se contuvo y dijo:

—Sí, Jug.

—Debes comprenderlo, Con —explicó Josephine—, todo ha cambiado por completo.

Constantia levantó rápidamente la vista—. Quiero decir — siguió Josephine— que ya no dependemos de Kate como dependíamos antes —se ruborizó ligeramente—. Ya no hay que prepararle la comida a papá.

—Eso es totalmente cierto —aseveró Constantia—. Papá ya no necesita que le preparen nada de comer…

Josephine la interrumpió bruscamente:

—No te estarás quedando dormida, ¿no, Con?

—¿Quedándome dormida, Jug? —exclamó Constantia con los ojos muy abiertos.

—Concéntrate más —dijo Josephine aguda, y regresó al tema de lo que hablaban—. En definitiva, el tema es que si despedimos a Kate — y esto lo dijo murmurando y mirando de soslayo a la puerta—, nosotras podríamos preparamos nuestra comida —concluyó, volviendo a levantar la voz.

—¿Y por qué no? —exclamó Constantia. No pudo evitar sonreír. Esa idea le parecía tan excitante. Se estrujó las manos—. ¿Qué nos haríamos, Jug?

—Oh, huevos de todo tipo —dijo Jug, volviendo a mostrarse orgullosa—. Y por otra parte hay muchos alimentos ya preparados.

—Pero siempre he escuchado —comentó Constantia— que son muy caros.

—No cuando uno los compra moderadamente —rectificó Josephine. Pero dejó aquellas extraordinarias consideraciones y obligó a Constantia a que la siguiera por el mismo camino—. Lo que debemos decidir es si realmente confiamos en Kate o no.

Constantia se reclinó en la silla. Una risita aguda escapó de sus labios.

—¿No te parece curioso, Jug —dijo—, que justamente sobre este tema nunca haya sido capaz de hacerme una idea?

XI

Por supuesto que nunca se había respondido esto. Lo difícil era llegar a demostrar algo. ¿Cómo podía demostrarse una cosa, cómo? Pongamos por caso que Kate se hubiese plantado frente a ella haciendo deliberadamente un gesto burlón. ¿No podría haberse debido al dolor? ¿Y no era, de cualquier modo, imposible preguntarle a Kate si se estaba burlando de ella o no? Si ella contestaba que no, cosa que seguramente haría, ¿en qué posición la dejaba eso? Qué indigno. Al mismo tiempo, Constantia sospechaba, estaba casi convencida, de que Kate abría los cajones de su cómoda cuando Josephine y ella salían, no para robarles nada, sino simplemente para espiar.

Muchas veces, cuando volvía, había encontrado su cruz de amatistas en los lugares más increíbles, bajo las chalinas de encaje o sobre su bata de noche. En más de una oportunidad le había tendido una trampa a Kate. Había dejado las cosas colocadas de un modo especial, y luego había llamado a Josephine para que fuese testigo.

—¿Lo ves, Jug?

—Claramente, Con.

—Ahora lo sabremos con seguridad.

Pero, oh querida, cuando miraba nuevamente encontraba todo igual, lejos de cualquier prueba. Si algo parecía un poco desordenado podía deberse al movimiento del cajón al cerrarse; un pequeño empujoncito podía haber movido las cosas fácilmente.

—Jug, ven tú y decide. La verdad es que no me atrevo a concluir nada. Resulta demasiado difícil.

Pero tras una pausa y una larga mirada, Josephine suspiraba:

—Ahora me has hecho entrar dudas a mí también. Con, tampoco estoy segura.

—Bueno, no podemos demorar la decisión por más tiempo —dijo Josephine—. Si la postergamos ahora ya no...

XII

En ese mismo momento, sin embargo, desde abajo, en la calle, comenzó a escucharse un organillo. Josephine y Constantia se pararon de un salto.

—Corre, Con —dijo Josephine—. Apúrate. Hay una moneda de seis peniques en...

Pero en ese instante recordaron. Ya no importaba. Nunca más iban a pedirle al organillero que parase. Nunca más les dirían a ellas dos que hicieran que ese mono se lleve su ruido a otra parte. Nunca más ese fuerte y extraño resoplido cuando su padre pensaba que no se estaban apurando lo suficiente. Y el organillero podía quedarse tocando todo el día y el bastón no golpearía el piso.

Nunca más golpeará el bastón,
Nunca más golpeará el bastón,

tocaba el organillo.

¿En qué estaba pensando Constantia? Su sonrisa era tan extraña; parecía distinta. Quizás estuviese a punto de ponerse a llorar.

—Jug, Jug —dijo Constantia amablemente, apretando ambas manos—. ¿Sabes qué día es hoy? Sábado. Hoy hace una semana. Una semana entera.

Una semana que murió,
Una semana que murió,

gemía el organillo. Y también Josephine se olvidó de
ser práctica y sensata; sonrió apenas, de un modo curioso. Sobre la alfombra india había un rectángulo de sol,
de un rojo pálido; brillaba, se apagaba y volvía a brillar…
y quedaba, se volvía más fuerte…, hasta cobrar un brillo
casi dorado.

—Salió el sol —dijo Josephine, como si realmente
importara.

Una perfecta cascada de notas burbujeantes salió del
organillo, notas redondas, resplandecientes, difundién-
dose sin cuidado.

Constantia levantó sus manos grandes y frías como si
fuese a capturarlas, pero inmediatamente las dejó caer.
Se acercó a la repisa de la chimenea en donde estaba su
estatuilla de Buda predilecta. Y aquella imagen de piedra
y dorados, cuya sonrisa siempre le había producido un
efecto tan raro, casi de dolor, aunque era un dolor agradable, hoy pareció dirigirle algo más que una sonrisa. El
Buda sabía algo, guardaba un secreto. "Sé algo que tú
ignoras", le decía. ¿Oh, qué era, qué podía ser? Aunque la
verdad era que siempre había tenido la sensación de que
existía… algo.

El sol entraba intenso por las ventanas, y se dirigía
hacia el cuarto, lamía con su luz los muebles y fotogra-
fías. Cuando llegó a la fotografía de su madre, la amplia-
ción que había sobre el piano, pareció detenerse como si

le sorprendiera que quedase tan poco de su madre, sólo los pendientes en forma de diminutas pagodas y la boa de plumas negras. ¿Por qué quedarán siempre tan desvaídas las fotos de los muertos?, se preguntó Josephine. Inmediatamente después de que una persona moría su fotografía también parecía morir. Aunque, naturalmente, aquella foto de su madre tenía muchos años. Treinta y cinco. Josephine se recordó subida de pies a una silla, señalándole la boa de plumas a Constantia y contándole que era la serpiente que había matado a su madre en Ceilán... ¿Hubiese sido todo muy diferente si su madre no hubiese muerto?

Le parecía que no. Tía Florence había vivido con ellos hasta que las niñas habían dejado la escuela, y se habían mudado de casa tres veces y nunca les habían faltado vacaciones y..., y naturalmente habían cambiado de sirvientes.

Algunos gorriones, gorriones jóvenes a juzgar por su canto, se pusieron a piar en el saliente de la ventana. Pío - pío - pío. Pero a Josephine le pareció que no se trataba de los gorriones, y que el sonido no llegaba desde el alféizar. Aquel extraño sonido, aquella lamentación, salía de dentro de ella, Pío - pío - pío. ¿Ah, qué era aquello que sollozaba, aquello tan débil y desvalido?

¿Se hubiesen casado de haber vivido su madre? Nunca había habido nadie con quien casarse. Los amigos anglo-indios de su padre, pero sólo antes de que se peleara con ellos. Tras la pelea, Constantia y ella nunca habían conocido a ningún hombre que no fuese religioso. ¿Cómo se podía conocer a un hombre? Incluso suponiendo que hubiesen tratado a algunos hombres, ¿cómo podían haberlos llegado a conocer lo suficiente como para ser algo más que simples extraños? Uno lee relatos de gente que tenía aventuras, de mujeres que eran seguidas, y cosas parecidas. Pero nadie había seguido nunca a Constantia o a ella. ¡Ah, sí, un año en Eastbourne, un misterioso caballero de la pensión les había dejado una nota bajo la jarra del agua caliente que se hallaba ante la puerta de su dormitorio! Pero cuando Connie la había descubierto el vapor había borrado lo escrito y era imposible leerla; ni siquiera pudieron adivinar a cuál de las dos estaba dirigida. Y el misterioso caballero desapareció al día siguiente. Eso era todo. Todo lo demás había sido cuidar a su padre, y al mismo tiempo no inmiscuirse en sus cosas. Pero ¿y ahora? ¿Y ahora? El sol que avanzaba cauto cayó suavemente sobre Josephine. Ella alzó la cara. Los tibios rayos parecían invitarla a la ventana...

Hasta que el organillo dejó de tocar, Constantia estuvo frente al Buda, reflexionando, pero no vagamente, como de costumbre. Ahora sus pensamientos eran una especie de deseo. Recordó las veces que había acudido allí, abandonando silenciosamente la cama cuando había luna llena, y tendiéndose en el suelo con los brazos abiertos, como si estuviese crucificada. ¿Por qué? La luna enorme, pálida, la había forzado a hacerlo. Aquellas espantosas figuras danzantes talladas en el biombo se habían burlado de ella, pero no les había hecho caso. También recordó cómo, cuando iban a la playa, procuraba alejarse del resto y acercarse todo lo que podía al mar para cantar algo, algo que inventaba, mientras contemplaba la inmensidad de aquella superficie en permanente movimiento. Era verdad que había habido aquella otra vida, el salir de casa a toda prisa, el volver con las cestas repletas, el conseguir el visto bueno, o discutir con Jug, devolverlas, volver a pedir la aprobación, preparar las bandejas de su padre y procurar no enojarlo. Pero todo eso parecía haber ocurrido en una especie de túnel. No era real. Sólo se sentía realmente ella cuando salía del túnel a la luz de la luna, o junto al mar, o en medio de una tormenta. ¿Qué significaba aquello? ¿Qué era lo que siempre había deseado? ¿A qué conducía todo aquello? Y, ¿ahora? ¿Ahora?

Dejó de contemplar la estatuilla del Buda con uno de sus ademanes vagos. Fue hacia donde estaba Josephine. Quería decirle algo a su hermana, algo importantísimo, sobre…, sobre el futuro y lo que…

—¿No crees que tal vez…? —empezó a decir.

Pero Josephine la interrumpió:

—Estaba pensando que quizás ahora… —murmuró.

Ambas callaron, esperando que la otra prosiguiese.

—Di, di, Con —le pidió Josephine.

—No, no, Jug; habla tú primero —dijo Constantia.

—No, mujer, di lo que ibas a decir. Tú has empezado —dijo Josephine.

—Preferiría… Preferiría escuchar primero lo que ibas a decir tú.

—No seas ridícula, Con.

—De verdad, Jug.

—¡Connie!

—¡Oh, Jug!

Una pausa.

Entonces Constantia dijo débilmente:

—No puedo decirte lo que iba a decirte, Jug, porque olvidé qué era.

Josephine quedó un momento en silencio. Miraba una gran nube que estaba en el lugar en el que había estado el sol. Entonces, contestó brevemente:

—Yo también lo olvidé.

La señorita Brill

Aunque era un día radiante —en el cielo azul un polvo dorado y resplandecientes haces de luz se derramaban como uvas blancas sobre los *Jardins Publiques*— la señorita Brill estaba contenta de haberse puesto la estola. El aire estaba inmóvil, pero cuando uno abría la boca sentía el aire helado, como el frío que uno siente antes de beber de un vaso de agua con hielo, y cada tanto una hoja llegaba planeando desde quién sabe dónde, quizás desde el cielo. La señorita Brill se llevó la mano al cuello y tocó la piel de zorro. ¡Ternurita! ¡Era tan grato sentirla otra vez! La había sacado de la caja esa misma tarde, le había sacudido la naftalina, le había dado una buena cepillada y devuelto la vida a los ojitos pálidos frotándolos. "¿Qué me ha ocurrido?", decían los ojitos tristes. ¡Ah!, ¡qué dulce verlos otra vez espiándola desde la colcha roja!... Pero la nariz, de un material negro, no estaba tan firme. Debía de haberse golpeado. No tenía importancia, un toque de lacre negro llegado el momento, cuando fuera absolutamente necesario… ¡ese pícaro! Sí, eso era lo que en verdad sentía. Un zorrito picarón que se mordía la cola junto a su oreja izquierda. Hubiera sido capaz de quitárselo, colocarlo sobre su falda y acariciarlo. Sentía un hormigueo en los brazos y las manos, aunque supuso que debía deberse a caminar. Y cuando respiraba una cosa ligera y triste —no, no era exactamente triste— algo delicado parecía moverse en su pecho.

Aquella tarde había bastante gente paseando, bastante más que el domingo anterior. Y la orquesta sonaba más alegre y ruidosa. Había comenzado la temporada. Y aunque la banda tocaba absolutamente todos los domingos, no era lo mismo fuera de temporada. Era como si tocasen sólo para un auditorio familiar; cuando no había extraños no les importaba mucho cómo tocaban. ¿No estaba el director usando una levita nueva? Hubiera jurado que era nueva. Frotó los pies y levantó ambos brazos como un gallo a punto de cantar, y los músicos sentados en la glorieta verde hincharon los cachetes y atacaron la partitura.

Ahora hubo un fragmento de flauta —¡bellísimo!—, como una pequeña cadena de notas brillantes. La señorita Brill estaba segura de que se repetiría. Y se repitió; ella levantó la cabeza y sonrió.

Solo otras dos personas compartían su asiento "especial": un anciano caballero con un abrigo de terciopelo, que apoyaba las manos en un enorme bastón tallado, y una anciana robusta, que se sentaba muy erguida, con un tejido sobre el delantal bordado. Pero no hablaban. Lo cual en cierto modo desilusionó a la señorita Brill, que siempre anhelaba un poco de conversación. Pensó que, en verdad, empezaba a tener bastante experiencia en escuchar simulando que no escuchaba, en instalarse dentro de la vida de otra gente durante un instante, mientras los otros charlaban a su alrededor.

Miró de reojo a la pareja de ancianos. Quizá pronto se fuesen. El último domingo tampoco había resultado tan interesante como de costumbre. Un inglés con su esposa, él con un horrendo sombrero panamá y ella con botas abotonadas. Y ella no dejaba de repetir que debía usar lentes, que sabía que los necesitaba, pero que tenerlos no sería para nada bueno; estaba segura de que se le iban a romper y que nunca se quedarían en su lugar. ¡Él tenía tanta paciencia! Le había sugerido de todo: montura de oro, del tipo que se sujeta a las orejas, unas pequeñas almohadillas dentro del puente… Pero no, nada la satisfacía. "Seguro que siempre se me resbalarían de la nariz". La señorita Brill le hubiera propinado una buena sacudida con todo gusto.

Los ancianos estaban sentados en el banco, quietos como estatuas. No importaba, había un montón de gente para mirar. Frente a los canteros y la glorieta de la orquesta, desfilaban de un lado a otro parejas y grupos que se detenían para saludar o comprarle ramos de flores al viejo mendigo que tenía la bandeja junto a las rejas. Los niños corrían entre la gente, se agachaban como pequeños aviones cayendo en picada y riendo, pequeños con moños blancos de seda bajo la barbilla; las niñas, unas muñequitas francesas todas vestidas en terciopelo y encaje. Y a veces un pequeñito salía tambaleando de abajo de los árboles, se detenía, miraba hacia uno y otro lado y de pronto ¡flop! caía sentado, entonces su madre, en tacos altos, como gallina joven, corría a buscarlo y lo regañaba. Muchos se sentaban en los bancos y las sillas verdes, pero esos casi siempre eran los mismos, domingo tras domingo, y, la señorita Brill ya lo había notado antes, había algo curioso con respecto a todos ellos. Eran peculiares, silenciosos, casi todos viejos y por la manera de mirar, parecía que acababan de salir de pequeñas habitaciones oscuras o quizás... ¡hasta de armarios!

Detrás de la glorieta se levantaban delgados árboles de hojas amarillentas que pendían hacia el suelo, y al fondo se veía el horizonte del mar, y más arriba el cielo azul con nubes veteadas de oro.

Tum-tum-tum tiddle-um-tiddle-um. Tum tiddley-um tum ta, tocaba la orquesta.

Dos jovencitas vestidas de rojo pasaron junto a ella y fueron a encontrarse con dos soldados de uniforme azul, y juntos rieron, se ubicaron en parejas, y continuaron tomados del brazo. Dos mujeres campesinas, con ridículos sombreros de paja, cruzaron con toda seriedad tirando de sendos burros de hermoso pelaje gris ahumado. Una monja pálida y fría pasó apurada. Una hermosa mujer perdió su ramillete de violetas mientras caminaba, y un niño corrió a devolvérselo, pero ella lo tomó y lo arrojó lejos, como si estuviese envenenado. ¡Por Dios! ¡La señorita Brill no sabía si admirar o no aquel gesto! Y ahora se reunieron justo delante de ella un gorro de armiño y un caballero vestido de gris. El hombre era alto, se paraba erguido, muy digno, y ella llevaba el gorro de armiño que había comprado cuando tenía el pelo rubio. Pero ahora todo, el pelo, el rostro, los ojos, era del color de aquel armiño gastado, y su mano, enfundada en un guante varias veces lavado, subió hasta tocarse los labios, y era una patita amarillenta. ¡Ah!, estaba tan contenta de verlo, ¡encantada! Imaginó que iban a encontrarse esa tarde. Ella describió todos los lugares en los que había estado; en todas partes, aquí, allá, a orillas del mar. El día era espléndido, ¿no le parecía? Y no querría, quizás... Pero él sacudió la cabeza, encendió un cigarrillo, lentamente le tiró una gran bocanada de humo en la cara y aunque ella todavía seguía hablando y riendo, tiró el fósforo y siguió caminando. El gorro de armiño quedó solo, ella sonrió más radiante que nunca. Pero hasta la orquesta parecía saber lo que sentía y tocó con más suavidad, con dulzura. Y el tambor redoblaba: "¡qué bruto!", "¡qué bruto!". Una y otra vez. ¿Qué iba a hacer ella?, ¿qué pasaría ahora? Pero mientras la señorita Brill se lo preguntaba, el gorro de armiño se dio vuelta, levantó la mano como si hubiera visto de pronto a alguien más, alguien mucho mejor, ahí cerca y se alejó de prisa en su dirección. Entonces la orquesta cambió el ritmo y tocó más rápido y más alegre que nunca, y la pareja de ancianos se levantó del banco de la señorita Brill y se marchó y un viejo muy cómico de largos bigotes rengueó al ritmo de la música y casi cae atropellado por cuatro jovencitas que marchaban tomadas del brazo.

¡Qué formidable era esto! ¡Cómo le divertía sentarse ahí! ¡Le agradaba tanto contemplarlo todo! Era como si estuviera en el teatro. Exactamente como en el teatro. ¿Quién habría adivinado que el cielo del fondo no estaba pintado? Pero hasta que un perrito de color castaño pasó con un solemne trotecito y se alejó lentamente, como un perro "teatral", como un perro amaestrado para el teatro, la señorita Brill no terminó de descubrir con exactitud qué era lo que hacía que todo fuera tan excitante. Todos estaban sobre un escenario. No era solamente el público, la gente que miraba; no, también ellos estaban actuando. Incluso ella tenía un papel, por eso iba todos los domingos. No tenía la menor duda de que si hubiese faltado algún día, alguien habría advertido su ausencia; después de todo ella también era parte de aquella representación. ¡Qué raro que no se le hubiera ocurrido antes! Y, sin embargo, eso explicaba por qué tenía tanto interés en salir de casa siempre a la misma hora, todos los domingos, para no llegar tarde a la función, y también explicaba por qué tenía aquella sensación de extraña vergüenza frente a sus alumnos de inglés y no le gustaba contarles qué hacía durante las tardes de los domingos. ¡Ahora lo comprendía! La señorita Brill estuvo a punto de reírse a las carcajadas. Iba al teatro. Pensó en aquel anciano caballero inválido a quien le leía en voz alta el periódico cuatro tardes por semana mientras él dormía apaciblemente en el jardín. Ya se había acostumbrado a ver su frágil cabeza descansando en la almohada de algodón, los ojos hundidos, la boca entreabierta y la nariz respingona. Si hubiera muerto, habría tardado semanas en descubrirlo; y no le hubiese importado. ¡De pronto el anciano había comprendido que quien le leía el periódico era una actriz! "¡Una actriz!". Su vieja cabeza se incorporó, dos luceritos refulgieron en el fondo de sus pupilas. "Actriz..., usted es actriz, ¿verdad?", y la señorita Brill alisó el periódico como si fuese el libreto con su parte y respondió amablemente: "Sí, he sido actriz durante mucho tiempo".

La orquesta había hecho un intermedio, y ahora recomenzaba el programa. Las piezas que tocaban eran cálidas, soleadas, y sin embargo contenían algo frío —¿qué podía ser?—. No, no era tristeza, —algo que hacía que a una le entraran ganas de cantar—. La melodía se elevaba más y más, brillaba la luz; y a la señorita Brill le pareció que dentro de unos instantes todos, toda la gente que se había congregado en el parque, se pondría a cantar. Los jóvenes, los que reían mientras paseaban, empezarían primero, y luego serían seguidos por las voces de los hombres, resueltas y valientes. Y luego ella, y los otros que ocupaban los bancos, también se sumarían con una especie de acompañamiento, con una leve melodía, algo que apenas se levantaría y volvería a volverse dulce, algo tan hermoso…, tan emotivo… Los ojos de la señorita Brill se inundaron de lágrimas y contempló sonriente a los otros miembros de la compañía. Sí, comprendemos, lo comprendemos, pensó, aunque no estaba segura de qué era lo que comprendían.

Justo en ese momento un joven y una jovencita se sentaron donde antes había estado la pareja de ancianos. Estaban muy bien vestidos y estaban enamorados. El héroe y la heroína, por supuesto, recién bajados del barco de su padre. Y aún cantando sin sonido, todavía con la sonrisa temblando en los labios, la señorita Brill se preparó para escuchar.

—No, ahora no —dijo la chica—. Aquí no. No puedo.

—¿Pero por qué? ¿Por esa vieja estúpida del otro lado? —preguntó él—. ¿Para qué vendrá? ¿A quién le interesa? ¿Por qué no dejará su cara de idiota en casa?

—Es su estola, lo que me hace reír —dijo la chica con una risita—. Parece un pescado frito.

—¡Ah, basta con eso! —murmuró él enojado, y después—: Dime, *ma petite chère…*

—No, aquí no —dijo ella—. Todavía no.

Camino a casa acostumbraba comprar un trocito de pastel de miel en la panadería. Era su deleite de domingo. A veces le tocaba un trocito con almendra, a veces no, pero esto significaba una gran diferencia. Si había una almendra era como volver a casa con un pequeño regalo – con una sorpresa–, con algo que perfectamente podría no haber estado ahí. Los domingos que le tocaba la almendra corría a su casa y ponía a hervir el agua apurada.

Pero hoy pasó de largo por la panadería, subió las escaleras, entró en la pequeña habitación oscura —la habitación era como un armario— y se sentó sobre la colcha roja. Quedó así un largo tiempo. La caja donde guardaba la piel estaba sobre la cama. Se quitó la piel rápido, muy rápido, sin mirarla, y la puso dentro. Pero cuando puso la tapa encima, creyó oír que algo lloraba.

Su primer baile

Leila no hubiese podido decir con exactitud cuándo había comenzado el baile. Tal vez, a decir verdad, su primera pareja ya hubiese sido el coche de alquiler. Y no importaba que lo hubiese compartido con las muchachas Sheridan y su hermano. Ella se sentó en un rincón, un poco alejada, y el brazo en el que apoyó la mano le pareció que era la manga del smoking de algún joven desconocido; y de esa manera fueron avanzando, a medida que casas, luces, rejas y árboles pasaban danzando por la ventanilla.

—¿Es verdad que no has ido nunca a un baile, Leila? —dijeron las muchachas Sheridan—.

Pero, querida, qué cosa tan notable.

—Nuestro vecino más cercano vivía a quince millas —contestó gentilmente Leila, abriendo y cerrando el abanico.

¡Dios mío, qué difícil era ser diferente al resto de las muchachas! Procuró no sonreír demasiado; no preocuparse. Pero todas las cosas le parecían tan nuevas y emocionantes...

Los nardos de Meg, el largo collar de ámbar de Josephine, la cabecita morocha de Maura sobresaliendo por encima de las pieles blancas como una flor en medio de la nieve.

E incluso la impresionó ver a su primo Laurie sacando el papel de seda que cubría el puño de sus guantes nuevos. Le hubiera gustado guardar aquel papel como recuerdo. Laurie se inclinó hacia adelante y apoyó la mano en la rodilla de Laura.

—Estate atenta, hermanita —dijo—. El tercero y el noveno, como siempre. ¿De acuerdo?

¡Oh, qué encantador tener un hermano! En su entusiasmo, Leila sintió que, si hubiese tenido tiempo, si no hubiese sido totalmente imposible, se hubiese puesto a llorar por ser hija única y no tener un hermano que pudiese decirle: "Estate atenta, hermanita"; ni una hermana que le dijese, como en aquel momento decía Meg a Josephine:

—Jamás te había visto con el pelo tan bien peinado como esta noche.

Pero, por supuesto, no había tiempo. Ya estaban frente al salón; tenían una hilera de coches delante y otros muchos detrás. Todo el camino se encontraba iluminado por luces que daban vueltas como abanicos, y por la vereda cruzaban alegres parejas que parecían flotar por el aire; los zapatitos de raso parecían perseguirse como pájaros.

—Sígueme a mí, Leila: no te pierdas —dijo Laura.

—Vamos, chicas, tienen que ser la sensación del baile —dijo Laurie.

Leila se prendió con dos dedos de la capa de terciopelo rosa de Laura y, sin saber de qué manera había ocurrido, ambas fueron tragadas por el gentío, entraron bajo el gran farol dorado, fueron arrastradas por el pasillo, y finalmente se encontraron en el cuartito rotulado como "Señoras". Allí había tanta gente que casi no había lugar para quitarse las cosas; el bullicio era ensordecedor. Dos largos bancos situados a ambos lados tenían montones de prendas.

Dos mujeres mayores vistiendo blancos delantales corrían de un lado a otro cargando con nuevas ropas. Y todas las demás mujeres empujaban hacia adelante intentando llegar al pequeño tocador con un espejo situado a un extremo.

Una gran y oscilante lámpara de gas iluminaba el guardarropas de las señoras. Ya no podía aguardar más; ya estaba bailando. Y cuando la puerta volvió a abrirse y desde el gran salón de baile llegó una ráfaga de compases musicales, hizo una pirueta que casi llegó hasta el techo.

Muchachas rubias y morenas se daban los últimos toques al peinado, volviendo a atar lacitos, metiéndose pañuelos por el escote, alisándose guantes inmaculados como marfil. Y, como todas reían, a Leila le pareció que eran muy bonitas.

—¿Por qué no existirán horquillas invisibles? —gritó una voz—. ¡Qué cosa tan curiosa! Nunca he visto una sola horquilla invisible.

—Ponme un poco de polvo en la espalda. Gracias, eres un amor—exclamaba otra voz más allá.

—Sea como sea preciso aguja e hilo. Se me han descosido millas y millas de volados —se lamentaba una tercera.

Y en seguida:

—Páselo, páselo, por favor —Y la canastita con los programas fue pasando de mano en mano. Adorables programas, rosas y plateados, con lápices rosas y una gran borla. Los dedos de Leila se estremecieron al tomar uno de la canastita.

Hubiese querido preguntarle a alguien: "¿Yo también tengo que tomar uno?", pero solo alcanzó a leer: "Vals 3: 'Dos, dos en un bote'. Polka 4: 'Echando las plumas a volar'", cuando Meg exclamó:

—¿Estás lista, Leila? —y se fueron abriendo paso por el pasillo colmado de gente en dirección a las grandes puertas dobles del salón de baile.

El baile todavía no había comenzado, pero la orquesta ya había terminado de afinar y el bullicio era tan grande que parecía que cuando empezara a tocar sería imposible oírla. Leila siguió junto a Meg, mirando por encima de sus hombros, y tuvo la impresión que los banderines de colores que ondeaban colgados por todo el techo estaban sosteniendo una conversación. Estuvo a punto de olvidar por completo su timidez; olvidó que, estando ya a medio vestir, se había sentado en la cama con un zapato puesto y un pie descalzo y le había rogado a su madre que telefoneara a sus primas y les dijese que le iba a ser imposible ir. Y aquel anhelo que la había embargado sentada en la terraza de su remota casa de campo, escuchando a las lechuzas recién nacidas piar "buu-buu-buu" a la luz de la luna, se transformó en una oleada de alegría tan dulce que se hacía difícil soportarla sola. Tomó con fuerza su abanico y, contemplando la pista dorada y reluciente, las azaleas, los faroles, la plataforma situada a un extremo, con la alfombra roja y las sillas doradas, y la orquesta ubicada en una esquina, pensó casi sin aliento: "Celestial, es perfectamente celestial".

Todas las muchachas permanecían agrupadas a un lado de las puertas, y los jóvenes del otro lado, y las damas vestidas de oscuro sonreían alocadamente y se dirigían con paso cuidadoso hacia la plataforma, cruzando la pista encerada.

—Esta es mi primita Leila. Pórtense bien con ella. Y encuéntrenle parejas, está bajo mi custodia —repitió Meg mientras iba de una muchacha a otra.

Y rostros desconocidos le sonrieron, amistosa, vagamente. Y desconocidas voces respondieron:

—No te preocupes, querida.

Pero a Leila le pareció que las muchachas en realidad no la veían. Todas miraban hacia los chicos. ¿Por qué no empezaban ellos? ¿Qué estaban esperando? Porque ya estaban allí, listos, alisándose los guantes, llevándose discretamente la mano al pelo engomado, y sonriendo entre ellos. Y entonces, inesperadamente, como si acabasen de decidir en aquel mismo instante que aquello era justamente lo que debían hacer, todos avanzaron deslizándose por el parqué. Entre las muchachas se produjo un revoloteo de alegría. Un hombre alto y rubio se acercó corriendo a Meg, le tomó el programa, y escribió algo; Meg se lo pasó a Leila:

—¿Puedo presentársela?

Y el muchacho saludó y sonrió. Luego vino un hombre morocho con un monóculo, y luego primo Laurie con un amigo, y Laura con un individuo bajito y pecoso que llevaba el moño torcido. Y más tarde un hombre bastante mayor —gordo, con una buena pelada— que le tomó el programa y murmuró:

—¡Déjeme ver, déjeme ver! —y pasó largo rato comparando su programa, repleto de nombres escritos en negro, con el de ella. Al parecer tenía tantas dificultades para encontrar qué baile podían danzar juntos que Leila se sintió avergonzada.

—¡Oh, no se moleste! —dijo, decidida. Pero en lugar de contestar, el hombrecito escribió algo y la volvió a mirar:

—¿He visto con anterioridad esta carita sonriente? —preguntó cortésmente—. ¿Me resulta familiar de algún otro baile?

Pero en ese momento la orquesta empezó a tocar y el hombrecito desapareció. Fue arrastrado por aquella gran ola musical que llegó volando por la pista deslumbrante, desarmando los grupos en parejas, separándolos, haciéndolos girar...

Leila había aprendido a bailar en el internado. Todos los sábados por la tarde las internas eran llevadas apresuradamente al local de la misión, un cobertizo cubierto de chapas acanaladas, en donde la señorita Eccles (de Londres) daba sus "selectas" lecciones. Pero la diferencia entre aquella sala que olía a polvo —con frases bordadas en trozos de tela colgados de las paredes, la pobre mujer asustada con una gorra de terciopelo marrón y orejeras de conejo que aporreaba el frío piano, y la señorita Eccles corrigiendo los pies de las chicas con un largo puntero blanco— y esta era tan impresionante que Leila estaba segura de que si no aparecía su pareja y tenía que quedarse escuchando aquella música maravillosa y contemplando cómo los otros avanzaban, giraban por la pista dorada, seguramente moriría, o se desvanecería, o levantaría los brazos y saldría volando por uno de aquellos oscuros balcones a través de los que se veían las estrellas.

—Me parece que este es el nuestro… —dijo alguien inclinándose ante ella, sonriente y ofreciéndole el brazo.

¡Ah, al parecer no sería necesario que muriera! Una mano la tomaba por el talle, y se dejó flotar como una flor caída a un estanque.

—Un piso estupendo, ¿no le parece? —susurró una pequeña voz junto a su oído.

—Es maravilloso lo mucho que resbala—dijo Leila.

—¿Cómo? —la vocecita se mostró sorprendida. Leila repitió lo dicho. Y se produjo una pequeña pausa hasta que la voz respondió—: ¡Oh, sí, es cierto! —y de nuevo se pusieron a girar.

Él la llevaba maravillosamente. Esa era la gran diferencia entre bailar entre muchachas o bailar con hombres, decidió Leila. Las chicas se chocaban y se pisaban los pies; y la que hacía de hombre siempre te apretaba de un modo insoportable.

Las azaleas ya no eran flores aisladas, sino banderas rojas y blancas que brillaban en cada giro.

—¿Fue la semana pasada al baile de los Bells? —preguntó ahora la voz. Parecía una voz cansada. Leila se preguntó si no debía preguntarle si quería parar.

—No, este es mi primer baile —respondió.

Su pareja soltó una risita entrecortada.

—¡Vaya! ¿Quién lo hubiera dicho? —exclamó él.

—Sí, en realidad es el primer baile al que asisto en mi vida —agregó Leila con entusiasmo. La aliviaba tanto podérselo contar a alguien—. Sabe, hasta ahora siempre había vivido en el campo y…

En aquel momento paró la música y fueron a sentarse en dos sillas colocadas junto a la pared. Leila escondió debajo sus pies calzados con los zapatitos de raso rosa y se abanicó, mientras contemplaba extasiada las otras parejas que pasaban y desaparecían por las puertas giratorias.

—¿Lo estás pasando bien, Leila? —preguntó Josephine, asintiendo con su cabecita rubia.

Laura también pasó y le dirigió un sutilísimo guiño; Leila se preguntó por un instante si después de todo ella era lo suficientemente grande como para todo eso. Ciertamente su pareja no era muy conversadora. Tosió un poco, volvió a guardarse el pañuelo, tiró del chaleco, se quitó un hilo casi invisible de la manga. Pero no importaba. Casi inmediatamente la orquesta volvió a tocar otra pieza y su segunda pareja apareció como por arte de magia.

—No está mal la pista —dijo la nueva voz. ¿Siempre comenzarían hablando de lo mismo? Y luego agregó—: ¿Estuvo en el baile de los Neaves el martes? —y Leila tuvo que volver a explicar… Tal vez resultase un tanto extraño que sus compañeros de baile no se mostraran más interesados. Y es que, en verdad, era muy emocionante. ¡Su primer baile! Se sentía al inicio de todo. Le parecía que hasta entonces nunca había sabido lo que era la noche. Hasta aquel momento todo había sido oscuro, silencioso, muchas veces bello —ah, sí— pero siempre un poco triste. Solemne. Y ahora sabía que nunca más volvería a ser de aquel modo, todo se había abierto con brillante esplendor.

—¿Quiere tomar un helado? —preguntó su pareja. Y cruzaron las puertas giratorias, y siguieron por el pasillo, hasta el buffet. Tenía las mejillas encendidas y se moría de sed. Los helados, en sus platitos de cristal, tenían un aspecto delicioso, ¡oh, y qué fría estaba la cucharilla escarchada, helada también! Cuando regresaron al gran salón, aquel hombrecito gordo ya estaba esperándola junto a la puerta. Le volvió a producir cierta impresión ver lo mayor que era; más bien le hubiera correspondido encontrarse en la plataforma con los padres. Y cuando Leila lo comparó con los otros jóvenes notó que no iba demasiado aseado. Tenía un chaleco manchado, le faltaba un botón de un guante, y la chaqueta parecía sucia de tiza.

—Venga conmigo, jovencita —dijo el hombrecillo. Casi ni se molestó en agarrarla, pero se movieron con tanta suavidad que más que bailar, parecía que estaban paseando. Y además no dijo nada respecto al suelo—. Es su primer baile, ¿no es cierto? —murmuró.

—¿Cómo lo supo?

—Ah —dijo el hombrecito rechoncho—, gajes de ser viejo —y resopló brevemente mientras la empujaba alejándola y pasando junto a una extraña pareja.

—Figúrese, he estado asistiendo a este tipo de bailes durante más de treinta años.

—¡Treinta años! —exclamó Leila. ¡Doce años antes de que ella naciese!

—Cuesta creerlo, ¿eh? —dijo el hombrecillo con un dejo de tristeza. Leila dirigió una ojeada a su cabeza calva y sintió lástima.

—Me parece maravilloso que continúe bailando —comentó con amabilidad.

—Es usted una jovencita muy simpática —dijo el hombrecito, apretándola un poco más y tarareando unos compases del vals—. Por supuesto —dijo— usted no bailará tantos años como yo. Ni pensarlo —añadió el hombrecito rechoncho—, mucho antes estará usted ya sentada ahí en la tarima, con las mamás, mirando a los demás, vestida con un elegante traje de terciopelo negro. Y estos espléndidos brazos se habrán convertido en bracitos regordetes, y matará el tiempo con un abanico completamente diferente, un abanico negro, de hueso —el hombre pareció estremecerse—. Y sonreirá como esas amables señoronas sonríen ahí arriba, señalando a su hija, y le contará a la anciana señora que tendrá a su lado cómo un hombre descarado intentó besar a su hija en el baile del club. Y sentirá un dolor profundo, ahí en el corazón —el hombre la apretó aún con mayor fuerza, como si realmente sintiera pena por su pobre corazón—, porque ya nadie desea besarla.

Y comentará lo incómodas que son estas pistas para pasear por ellas, además de peligrosas. ¿Verdad, *Mademoiselle* Pies Inquietos? —terminó el hombrecito con suavidad.

Leila dejó escapar una risita ligera, aunque no tenía nada de ganas de reírse.

¿Era…, podía ser que todo aquello fuese cierto? Sonaba como una terrible verdad. ¿No era, después de todo, aquel primer baile el inicio de su último baile? Ante esa idea le pareció que la música cambiaba; ahora sonaba triste, tristísima; y luego volvió a animarse con un gran suspiro. ¡Oh, cuán rápidamente cambiaba todo! ¿Por qué no podía durar para siempre la felicidad? Aunque siempre tal vez fuese un poco demasiado largo.

—Me gustaría parar un poco —dijo sin aliento. Y el hombrecito la llevó hacia la puerta.

—No —dijo Leila—. No quiero salir, ni sentarme. Solo quiero estar un momento de pie, gracias —y se recostó contra la pared, dando golpecitos con el pie, tirando de los guantes y procurando sonreír. Pero en el fondo del fondo una niña se tapaba la cabeza con el delantal y empezaba a sollozar. ¿Por qué le había arruinado la noche?

—Escuche —dijo el hombrecito rechoncho—, supongo que no me habrá tomado en serio, ¿verdad?

—¿Por qué iba a tomármelo? —respondió Leila, negando con su cabecita morena y mordiéndose el labio inferior...

De nuevo las parejas empezaron a desfilar. Las puertas giratorias se abrieron y cerraron a su paso. El director de la orquesta estaba repartiendo nuevas partituras. Pero Leila ya no quería bailar. Hubiese preferido encontrarse en su casa, o sentada en la terraza escuchando el "buu-buu-buu" de las lechuzas recién nacidas. Cuando miró las estrellas a través de los oscuros ventanales, vio largos rayos como alas...

Pero ahora comenzó a sonar una canción dulce, melodiosa, alegre, y un joven de pelo rizado se inclinó saludándola. Debía bailar, aunque solo fuese por educación, hasta que encontrase a Meg. Caminó muy erguida hasta el centro de la pista; altivamente colocó la mano sobre la manga de él. Pero al cabo de un minuto, a la primera vuelta, se le fueron los pies, como si bailasen solos. Las luces, las azaleas, los vestidos, las caras sonrosadas, las sillas tapizadas de peluche, todo se convirtió en una hermosísima rueda giratoria. Y cuando su nuevo acompañante hizo que tropezase con el hombrecito rechoncho, él le dijo:

—¡Oh, perdón!

Y Leila le sonrió más radiante que nunca. Ni siquiera lo había reconocido.

Películas

Ocho de la mañana. La señorita Ada Moss estaba tirada en su cama de hierro negro, mirando el techo. Su cuarto, en el contrafrente del último piso de un edificio de Bloomsbury, olía a hollín y a polvo para la cara y a papas fritas, pues aún persistía su olor en el papel en el que las había traído envueltas la noche anterior.

"¡Oh, mi Dios!", pensó la señorita Moss. "¡Qué frío hace! ¿Por qué me despertaré con tanto frío por la mañana? Tengo los pies y la espalda helados, especialmente la espalda, es como una barra de hielo. Y pensar que antes tenía siempre calor. No es porque esté más flaca..., tengo la misma silueta llena que tuve siempre. No, debe ser porque no ceno algo caliente por las noches.

Una sucesión de Buenas Cenas Calientes pasó por el techo, cada una de ellas acompañada de una botella de Sustanciosa Cerveza...

"Incluso si ahora me levantara", pensó ella, "y tomara un desayuno sensato y abundante...". Una sucesión de Desayunos Sensatos y Abundantes vino después de las cenas por el techo, encabezada por un enorme y blanco jamón entero. La señorita Moss se conmovió y desapareció bajo las sábanas y mantas. De pronto entró la portera.

—Hay carta para usted, señorita Moss.

—¡Oh! —dijo la señorita Moss con tono exageradamente amable—. Muchas gracias, señorita Pine. Ha sido usted muy gentil, verdaderamente, por tomarse el trabajo de traérmela.

—No ha sido ningún trabajo —dijo la portera—. Pensé que a lo mejor era la carta que usted espera.

—Claro —dijo alegremente la señorita Moss—. Sí, quizás lo sea. Inclinó la cabeza y sonrió vagamente a la carta—. No me sorprendería.

La portera abrió desmesuradamente los ojos.

—Bueno, a mí sí me sorprendería —dijo—, y se lo digo abiertamente. Por eso, le pido que por favor la abra. En mi lugar, muchas porteras ya la hubiesen abierto, y hubieran estado en su derecho. Porque las cosas no pueden seguir así, señorita Moss, por supuesto que no. Todas las semanas usted me dice que tiene un contrato y después resulta que no, y después hay que esperar otra carta o a otro empresario que se ha ido a Brighton y regresará seguramente el martes... Estoy cansada, harta y no lo soportaré más. ¿Por qué tendría que soportar esto, señorita Moss, en una época como esta con los precios por las nubes y mi pobre muchacho en Francia? Precisamente ayer me lo decía mi hermana Eliza: "Minnie", me decía, "eres demasiado blanda de corazón. Ya podrías haber alquilado varias veces esa habitación", me decía, "y sí la gente no se cuida sola en épocas como esta, nadie puede hacerlo por ella", me decía. "Quizás haya ido a la universidad y quizás haya cantado en los conciertos de West End", me decía, "pero si se está lavando su propia ropa de lana y la tiende en el toallero, cualquiera se da cuenta de cuál es la situación. Y ya es momento de que se termine", me decía.

La señorita Moss permaneció sin dar muestras de haber escuchado todo lo que le decían. Se incorporó en la cama y leyó:

Estimada señora:
Recibí su carta. Por el momento no contamos con ninguna producción en curso, pero conservaremos su foto para proyectos futuros.
La saluda atentamente,
BACKWASH FILM CO.

La carta pareció causarle una peculiar satisfacción, la leyó dos veces antes de responderle a la portera.

—Bueno, señora Pine, supongo que lamentará haber dicho lo que dijo. Esta carta es de un empresario que me pide que vaya el sábado a las diez con un vestido de noche.

Pero la portera fue demasiado rápida. Se tiró sobre ella y le quitó la carta.

—¡Oh, claro! ¡Ciertamente! —gritó.

—Devuélvame la carta. Devuélvamela de inmediato, mujer malvada —gritó la señorita Moss, que no podía salir de la cama porque tenía el camisón roto en la espalda—. Esa carta es mía, personal.

La portera comenzó a retroceder para salir de la habitación, llevándose la carta al escote.

—¿O sea que llegamos a esto? —preguntó—. Muy bien, señorita Moss, si no tengo el alquiler esta noche a las ocho, ya veremos quién es una mujer malvada... Eso es todo —dijo, mientras sonreía misteriosamente—. Y me quedaré con esta carta —aquí elevó mucho la voz—. ¡Será una linda y pequeña evidencia!

Después de decir eso, su voz se volvió sepulcral.

—Señorita —dijo.

Dio un portazo y la señorita Moss se quedó sola. Tiró las mantas, y sentándose en el borde de la cama, temblorosa y enfurecida, se miró las piernas gordas y blancas, cubiertas de pequeñas venas de color azul verdoso.

—¡Cucaracha! Eso es lo que es... ¡Una cucaracha! —dijo la señorita Moss—. Podría denunciarla por haberme arrebatado mi carta... estoy segura de que podría.

Y empezó a vestirse sin quitarse el camisón.

—¡Oh, si pudiera pagarle! Entonces le diría todo lo que pienso de ella. ¡Se lo diría de una buena vez!

Se acercó a la cómoda para buscar un alfiler y al verse reflejada en el espejo esbozó una desvaída sonrisa y sacudió negativamente la cabeza.

—Bien, vieja —murmuró—, esta vez es la definitiva, así que sin errores.

Pero la imagen del espejo le devolvió un gesto desagradable.

—Tonta —la retó la señorita Moss—. ¿Cuál es el sentido de ponerse a llorar ahora? Sólo conseguirás que la nariz se te ponga colorada. No, vístete y ve a probar suerte... eso es lo que debes hacer.

Descolgó su bolso del respaldo de la cama y escarbó en él, lo sacudió, lo dio vuelta.

"Tomaré una buena taza de té en el ABC para ponerme a tono antes de ir a cualquier parte", decidió. "Tengo un chelín y tres peniques, justo".

Diez minutos más tarde, una dama sólida, vestida de azul, con un ramillete de violetas artificiales en el pecho, sombrero negro adornado con pensamientos de color púrpura, guantes blancos, botas con capellada blanca y un bolso que contenía un chelín y tres peniques empezó a cantar con voz de contralto:

Recuerda, amor, en días de angustia
Que siempre es noche antes del alba.

Pero la imagen del espejo volvió a devolverle un gesto desagradable y la señorita Moss salió a la calle. En todas las escaleras había molinetes que derramaban agua sobre los peldaños. El muchacho de la lechería hacía el reparto emitiendo su extraño grito, como de halcón, entre la confusión de los envases de leche.

Frente a la Casa Suiza Brittweiler derramó un poco de teche, y de la nada apareció un viejo gato marrón que empezó a lamerla silenciosamente y con avidez. Al verlo, la señorita Moss sintió algo raro, como un desvanecimiento.

Al llegar al ABC encontró la puerta abierta de par en par; un hombre entraba y salía llevando una bandeja con pancitos y no había nadie adentro salvo una camarera que se peinaba y la cajera que abría las cajas recaudadoras. Se paró en medio del local pero ninguno reparó en ella.

—Mi novio volvió anoche —cantó la camarera.

—¡Oh, qué suerte para ti! —dijo la cajera.

—Sí, ¿no es verdad? —dijo la camarera en un canto—. Me trajo un broche divino. Mira, la inscripción dice "Dieppe".

La cajera corrió a mirarlo y rodeó con su brazo el cuello de la camarera.

—¡Oh, qué suerte para ti!

—Sí, ¿no es verdad? —dijo la camarera—. Oh, vino tan bronceado que le dije: "¡Hola! ¿Cómo estás, pedazo de caoba?".

—¡Oh! —dijo la cajera, corriendo de regreso a su puesto y llevándose casi por adelante a la señorita Moss—. Ya te lo he dicho: ¡Qué suerte para ti!

En ese momento regresó el hombre con los pancitos y la rozó al pasar cerca de ella.

—Señorita, ¿podría tomar una taza de té? —preguntó la señorita Moss.

Pero la camarera continuó peinándose.

—¡Oh! —cantó—, todavía no hemos abierto.

Se volvió y agitó el peine en dirección a la cajera:

—Todavía no hemos abierto, ¿no es cierto?

—Oh, no —contestó la cajera.

La señorita Moss salió a la calle.

"Iré a Charing Cross. Sí, eso es lo que haré", decidió. "Pero no tomaré una taza de té. No, tomaré un café. El café es más tonificante... ¡Qué caraduras aquellas muchachas! Su novio volvió anoche, le trajo un broche que decía 'Dieppe'".

Empezó a cruzar la calle...

—¡Gordita, no te quedes dormida en medio de la calle! —le gritó un taxista, pero ella fingió que no lo había oído.

"No, no iré a Charing Cross", decidió. "Iré directamente a King y Kadgit. Abren a las nueve. Si llego allí temprano quizás el señor Kadgit haya recibido algo con el correo de la mañana. 'Me alegro de que haya aparecido tan temprano, señorita Moss. Recién llamó un empresario que necesita una dama para un papel... Creo que usted le vendrá justo. Le daré una tarjeta para que vaya a verlo. Paga tres libras por semana y todos los gastos. Si fuese yo, me apuraría. Es una suerte que haya venido tan temprano...'".

Pero en Kig y Kadgit no había nadie, a excepción de la mujer de la limpieza que refregaba el linóleo del pasillo.

—No ha venido nadie aún, señorita —dijo la mujer.

—Oh, ¿no está el señor Kadgit? —dijo la señorita Moss, tratando de esquivar el cepillo y el estropajo—. Bien esperaré un momento, si es que es posible.

—No puede esperar en la sala de espera, señorita. Aún no la he limpiado. El señor Kadgit nunca llega antes de las once y media los sábados. Y a veces ni siquiera viene.

Y la mujer de la limpieza comenzó a refregar el piso en donde estaba ella.

—¡Dios mío... qué tonta! —dijo la señorita Moss—. ¡Olvidé que hoy era sábado!

—Tenga cuidado con los pies, señorita —dijo la mujer de la limpieza.

Y la señorita Moss volvió a salir a la calle.

Beit y Bithems tenía una ventaja: era concurrido. Uno entraba en la sala de espera en la que zumbaban las conversaciones, y allí estaba todo el mundo, y todo el mundo se conocía. Las que habían llegado temprano ocupaban las sillas, y las que llegaban más tarde se sentaban en el regazo de las primeras, en tanto los caballeros se apoyaban con negligencia en las paredes o se pavoneaban delante de las damas que los admiraban.

—Hola —dijo muy alegremente la señorita Moss—. ¡Aquí estamos nuevamente!

Y el joven señor Clayton tocaba el banjo con su bastón y cantaba "Esperando a Robert E. Lee".

—¿Ha llegado ya el señor Bithem? —preguntó la señorita Moss, extrayendo una polvera y empolvándose la nariz de color malva.

—¡Oh, sí, querida! —gritaron a coro—. Hace muchísimo que ha llegado. Y hace más de una hora que esperamos.

—¡Dios mío! —dijo la señorita Moss—. ¿Creen que hay algo en perspectiva?

—Oh, algunos contratos para Sudáfrica —dijo el joven señor Clayton—. Ciento cincuenta semanales durante dos años, ya se imagina.

—¡Oh! —gritó el coro—. Usted sí que es divertido, señor Clayton. ¿No es ocurrente? ¿No es gracioso? Oh, señor Clayton, usted sí que nos hace reír, ¿no es cómico?

Una muchacha morena y melancólica tocó el brazo de la señorita Moss.

—Ayer mismo me perdí un buen trabajo —dijo—. Seis semanas en el interior y después el West End. El empresario dijo que me lo hubiera dado si hubiera sido un poco más robusta. Dijo que si mi figura fuera más llena, el papel hubiera sido exactamente para mí.

Miró fijamente a la señorita Moss, y la sucia y obscura rosa roja que llevaba en el ala del sombrero parecía de algún modo compartir su infortunio, así marchita.

—Oh, por Dios, qué mala suerte —dijo la señorita Moss, fingiendo indolencia—. ¿Qué papel era, si me permite preguntar?

Pero la muchacha morena y melancólica adivinó sus intenciones y la miró despectivamente.

—Oh, nada adecuado para usted, querida —dijo—. Necesitaban una persona joven, ya me comprende... un tipo moreno, español... con mi estilo, pero de figura más llena, eso es todo.

La puerta interior se abrió y apareció el señor Bithem en mangas de camisa. Dejó una mano apoyada en la puerta, listo para cerrarla otra vez, y levantó la otra.

—Atención, damas... —y aquí hizo una pausa, hizo su famosa mueca y prosiguió—: ¡y mu...chachos!

Todo el mundo rompió en carcajadas tan estrepitosas que tuvo que alzar ambas manos para contenerlos.

—No vale la pena que sigan esperando hoy —continuó—, vuelvan el lunes. Espero varias llamadas para el lunes.

La señorita Moss hizo un avance desesperado.

—Señor Bithem, no sé si habrá oído hablar de…

—Veamos —dijo lentamente el señor Bithem, observándola: sólo la he visto cuatro veces por semana durante los últimos... ¿cuántos días?—. ¿Quién es usted?

—La señorita Ada Moss.

—Oh, sí, sí, por supuesto, querida. Pero todavía nada, querida. Hoy me pidieron veintiocho muchachas, pero debían ser jóvenes y capaces de saltar un poquito, ¿comprende? Y después me pidieron otras dieciséis... pero que supieran un poco de baile. Mire, querida, esta mañana estoy tapado de trabajo. Vuelva ocho días después del próximo lunes, no vale la pena que venga antes.

Le dedicó una mueca toda para ella y después le mostró la gorda espalda.

—¡Paciencia, señorita, paciencia!

En la Compañía Cinematográfica North-East una multitud colmaba las escaleras. La señorita Moss quedó junto a una muñequita rubia de unos treinta años que llevaba un sombrero de encaje blanco decorado con cerezas.

—¡Qué gentío! —dijo—. ¿Hay algo en puerta?

—¿No lo sabe, querida? —dijo la muñequita, abriendo sus inmensos ojos pálidos—. A las nueve y media hubo un pedido de muchachas atractivas. Hace horas que esperamos. ¿Ha trabajado antes para esta compañía?

La señorita Moss ladeó la cabeza.

—No, creo que no —dijo.

—Es una compañía muy buena —dijo la muñequita—. Un amigo mío tiene un amigo que saca treinta libras diarias... ¿Ha trabajado con frecuencia en el cine?

—Bueno, no soy una actriz profesional —confesó la señorita Moss—. Soy cantante, contralto. Pero las cosas me han ido tan mal últimamente que he tenido que trabajar un poco en esto.

—Es así, ¿verdad, querida? —dijo la muñequita.

—Recibí una formidable educación en el Colegio de Música —dijo la señorita Moss—, y gané la medalla de plata en canto. Pero pensé que, para cambiar, podía probar suerte...

—Es así, ¿verdad, querida? —dijo la muñequita. En ese momento una hermosa dactilógrafa apareció en lo alto de la escalera.

—¿Todas ustedes esperan por el pedido de North-East?

—¡Sí! —dijeron en coro.

—Acaban de avisarme que ya fue cubierto.

—¡Pero escuche! —gritó una voz—. ¿Y qué hay de nuestros gastos?

La dactilógrafa las miró y no pudo evitar reírse.

—Oh, es que no les hubieran pagado de todos modos. La North-East jamás paga los gastos.

En la compañía Bitter-Orange sólo había una ventanilla redonda. Nada de sala de espera, nadie salvo una muchacha que se acercó a la ventanilla cuando golpeó la señorita Moss.

—¿Sí? —le dijo.

—¿Puedo hablar con el productor, por favor? —dijo con voz agradable la señorita Moss.

La muchacha se apoyó en la ventanilla, entrecerró los ojos un momento y pareció quedarse dormida. La señora Moss le sonrió. La muchacha no sólo frunció el ceño sino que hizo un gesto como si estuviese oliendo algo desagradable: olisqueó. De repente se alejó, volvió con un papel y se lo arrojó a la señorita Moss.

—¡Llene este formulario! —dijo. Y cerró la ventana de un golpe.

"¿Sabe usted pilotear aviones... zambullirse desde gran altura... conducir autos... dar saltos mortales... disparar armas de fuego?", leyó la señorita Moss. Se alejó por la calle haciéndose estas preguntas. Soplaba un viento frío que la envolvía, le abofeteaba el rostro, se burlaba: el viento sabía que ella no podía responder a esas preguntas. En

Square Gardens encontró un cesto para tirar el formulario. Y después se sentó en uno de los bancos a empolvarse la nariz. Pero la imagen que se reflejaba en su espejo de bolsillo le devolvió una imagen horrible, y eso fue demasiado para la señorita Moss: rompió en llanto. Con el llanto, por fin, llegó el alivio.

"Bien, todo terminó", suspiró. "Es un consuelo no tener que estar parada. Y mi nariz pronto se refrescará con el aire... Es muy agradable estar aquí. Mira esos gorriones. Chip. Chip. Cuánto se acercan. Espero que alguien les dé de comer. No, no tengo nada para ustedes, pequeños sinvergüenzas...". Miró hacia otro lado. ¿Qué era ese edificio de enfrente... el Café de Madrid?... ¡Mi Dios, qué golpe se había dado aquel niño! ¡Pobrecito! No importa... arriba... Hoy a las ocho... en el Café de Madrid. "Podría cruzar y tomar allí un café", pensó la señorita Moss. "Es un lugar para artistas, además. Tal vez tenga suerte... un caballero apuesto y moreno con un abrigo de piel entra con un amigo y se sienta a mi mesa, tal vez. 'No, viejo, he escarbado en todo Londres buscando una contralto y no encuentro a nadie. Sabes, la música esta es difícil, échale una ojeada'". Y la señorita Moss se oía diciendo: "Perdón, da la casualidad de que yo soy contralto y cantado esta parte muchas veces... ¡Extraordinario! 'Venga a mi estudio y probaré su voz ahora mismo'... Diez libras semanales... ¿Por qué debería sentirse nerviosa? No es nerviosismo. ¿Por qué no ir al Café de Madrid? Soy una mujer respetable... soy una cantante, una contralto. Simplemente estoy temblando porque no he comido nada en todo el día... 'Una buena prueba, señorita'... Muy bien, señora Pine. Café de Madrid. Todas las noches hay un concierto allí... '¿Por qué no empiezan?'. La contralto no ha llegado... 'Perdón, da la casualidad de que yo soy contralto, he cantado esta partitura muchas veces...'".

El café estaba casi a oscuras. Hombres, palmeras, sillas de felpa roja, mesas de mármol blanco, camareros con delantales: la señorita Moss caminó entre todo eso. Apenas se había sentado cuando un caballero muy robusto que llevaba un sombrero muy pequeño que flotaba sobre su cabeza como un barquito se sentó frente a ella.

—¡Buenas noches! —dijo él.

—¡Buenas noches! —dijo la señorita Moss con voz risueña.

—Linda noche —dijo el caballero.

—Sí, hermosa. Da gusto, ¿cierto? —dijo ella.

Él llamó al camarero con un dedo que parecía una salchicha.

—Tráigame un whisky grande —dijo. Y volviéndose hacia la señorita Moss—: ¿Qué toma usted?

—Bien, creo que si da lo mismo tomaré un coñac.

Cinco minutos más tarde el ancho caballero se inclinó sobre la mesa y le tiró una bocanada de humo a la cara.

—¡Qué cintita tentadora! —dijo.

La señorita Moss se sonrojó tanto que sintió, por primera vez en su vida, que el pulso le latía en la cabeza.

—Siempre me ha gustado mucho el rosa —dijo.

El ancho caballero le echó una mirada apreciativa mientras ella tamborileaba sobre la mesa.

—Me gustan firmes y bien rellenas —dijo él.

La señorita Moss, muy sorprendida de sí, soltó una risita audible.

Cinco minutos más tarde el robusto caballero se levanta.

—Bien, ¿la sigo o me sigue? —preguntó.

—Lo sigo, si es lo mismo —respondió la señorita Moss. Y salió navegando detrás del barquito.

Índice